JN239184
「口説いてますか？」

「いけない？」

「私は、パイロットになんて、もう、恋は……」

「少しは、してるでしょ？」

君にたまらなく恋してる

Sweet words of love

井上美珠

この作品はフィクションです。
実際の人物・団体・事件などに一切関係ありません。

君にたまらなく恋してる

～Sweet words of love～

Mijyu Inoue Presents
井上美珠
Illustration
八千代ハル

1

――憧れのＣＡにはなれなかったけど、就職先で好きな人ができた。

でも、彼にはすでに好きな人がいた。相手は優しく真面目で働き者で、可愛らしい先輩だった。笑った顔が魅力的で、ちょっと背が低い。背が高く、体格もしっかりしている彼の腕にすっぽりと収まるだろうことが容易に想像できた。

彼は、先輩が大好き。先輩を見る目が違っている。

私なりに頑張ったつもりだけど、人の思いや気持ちは、頑張りだけでは変えられない。

もう敵わない、無理、好きになってもらえないと悟った時。

自分の中で揺るぎないと思っていた将来の安定性や、彼との生活を夢見ていたことが、全部シャボン玉みたいにパチンと消えてなくなった。

その瞬間、いったい自分は何をしていたのだろう、何を考えていたのだろう、と悲しくなった。

何もない自分が将来の安定性を求めるなんて、最初から無理だったのだ。

しかし、自分はまだ若いから次だ次、と頭を切り替えればいいのに、それができなかった。

寄って来るのは苦手なタイプの自信家だったり、なんだかすごく自分自慢する人だったり、収入の格差を馬鹿にしたりするような男ばかり。

多少容姿が見栄えしても、若くても、自分が好きだと思った人を振り向かせることができなければ、何にもならない。

いつか素敵な人が現れてくれないかな、と願っている。

☆　☆　☆

「なんで私は、森機長を好きになったんでしょう。なんで、アピールしても見てくれなかったんでしょう……」

こんなこと言ってもしょうがない。それに、言ったところで答えなんてない。また、答えをくれない人に言っている自覚もある。

「そんなこと、俺に答えられるわけないでしょ？　すべては運命のなすがままだよ。毎回同じこと聞かないでよ、木下さん」

仕事終わり、お腹が空いたとメッセージを入れたら、今はアメリカにいると返信があった。ムーッと口を尖らせスマホ画面を見ていると、明後日帰ってくるから、と時間指定をされた。

最近ご飯友達っぽくなりつつある彼は、十四歳年上の会社の先輩にあたる。

適当な居酒屋だったり、ちょっとした小洒落たレストランに連れて行ってもらったりするのも楽しい。きっかけは、自分が確実に失恋をした日に、ラーメンを奢ってもらったあの日からだ。

明後日は絶対にご飯、と言って仙川と今、まさに一緒にご飯を食べている。フランス料理系のオシャレな洋風居酒屋だ。

イケメンは良いお店を知っているな、と彼に連れて来てもらうたびに感心してしまう。

「いいじゃないですか！　だって……今の私、空っぽすぎて、あんなに思っていたのに、それが空振りになったから……」

「いつもコメントしにくいこと言うよね、君って……まぁ、俺も毎度同じこと言って申し訳ないけどさぁ……木下さんは別嬪さんだし、背も高くてスタイルも良さそうだし、その気になればすぐにイイ人見つかるよ」

「いつも言うけど、別嬪さんってイマドキ使わないですよ。仙川さん、ジジィすぎます」

仙川真理、ジャパンスターエアライン略してＪＳＡのパイロット。最近、副操縦士から機長へ昇格し、国内線、国際線問わず飛び回っている。

彼の見た目は、顔立ちが少し日本人離れしていて、ハーフやミックスと言われても納得してしまう。今っぽい風貌で、柔らかい印象を受ける。優しそうな顔、と称されることが多いが、自分にとっては軽薄な顔に見えなくもない。

「ジジィはないでしょ、ジジィは」

十四歳上だからか、元の性格なのか、仙川真理という人は自分、木下満里奈の憎まれ口さえ軽く聞き流す。

そんな彼だが、気づいたらこうやって付き合ってくれる時間が意外と楽しいと思えるようになっ

ていた。しかし、そんな時間であっても、ついつい就職してからずっと好きだった、森石蕗の顔を頭に浮かべてしまう。

森は満里奈の勤める、JSA最年少で機長になったすごい人だ。経歴もまるで絵にかいたような王子様ぶりで、黒髪に黒い目の正統派イケメン。ストイックで硬質な雰囲気や、口元に浮かべる笑顔と人当たりの良さ。何もかもすべてが好きでたまらなかった。

「森だって、君からすればジジィだろうにねぇ」

「……そういうこと言わないでって言ったのに」

「確かに森はイイ男だよね。俺と違ってナンパな感じには見えないし、仕事も真面目で、俺より早くパイロットになったし。これからも、いい関係でいたいって思うなぁ」

仙川の言うことはもっともだ。そんな二人の関係を、満里奈は羨ましいと思っている。

男同士の友情はいい。二人の関係が揺るがないだろうことは、互いのことを尊敬し合っているような言動でわかる。軽口を叩き合ったりしても、二人で飲みに行ったり、仕事では一緒に飛行機を操縦しているのだ。

満里奈は年下な上に女であるため、彼らのような関係にはなれない。

「ところで君は、お腹いっぱいになったんでしょうかね?」

「ぼちぼち、です」

「細いのによく入るよねぇ……ラーメンは替え玉したし、ギョーザも半チャーハンも食べてたし。若いってすごいなぁ。俺はもともとそんなに入らないからさ」

この間延びしたような話し方があまり好きではない。優しい口調なのだが、やはり硬派な喋り方の森と比べてしまう。

「あの日は、失恋したからですよ。しょうがないじゃないですか」

森石蕗に失恋したのは、尊敬する先輩、石井寿々と付き合っているということがわかったからだ。

それは、仙川と森、満里奈と寿々とで食事をしていた時のことだった。

『木下さん、俺の彼女は石井さんなんだ』

そう打ち明けられた時、やっぱりと思いながらも内緒にされていたことが許せなくて。店を飛び出し、そして追ってきた仙川に慰められた。

ラーメンを食べに行っただけなのに、その美味しさが心と身体に沁みたものだ。

「もう少し食べますか？　姫」

そう言ってメニュー表を差し出してきたけれど。

「シメにラーメン行きたいです！」

「えー……」

仙川が困った顔を見せた。

「もうお兄さんは、お腹パンパンで入りません。仕事終わりは特に入らないんだよねぇ……ここで食べて、解散じゃダメ？」

いつも先にお腹いっぱいになってしまうのは仙川の方だ。彼は、ある程度食べたら満足する体質らしい。背は森よりちょっと高いように見えるし、割とがっしりした体型なのに不思議だ。

苦笑いをしても顔の良さは崩れることはない。満里奈は眉を寄せた。

「女の子の誘いをそうやって無碍にして、イケメンは笑って終わらそうとしますよね」

少し頬を膨らまして言うと、彼は苦笑いのまま、だってさ、と言った。

「女の子ではある君は後輩で、俺にとっては妹みたいな感じだからね。もう遅いし、電車なくなる前に帰った方がいいよ。木下さん、実家でしょ？　ご家族が心配してるよ、きっと」

確かに家族からのメッセージが入ってきているのは事実。

満里奈は肩を落とし、スマホを確認してからバッグに入れた。

「もう少し食べたり飲んだりしたかったです。また明日もお仕事だけど、遅番だし」

「今度、改めてゆっくりでいいんじゃない？　また付き合ってあげるから」

その言葉、何回言われただろう。

満里奈が森に失恋をした時から季節が変わり始めようとしている。年も明け、冬が終わりそうなくらいの月日がたち、あの時のことは忘れ去ってもいいのにそれができないまま。

仙川が先に立ち上がり、会計の伝票を持って行く。ハッとして慌てて満里奈はあとを追った。

「今日は割り勘で！」

いつも彼は満里奈の食事代を出してくれており、今回は遠慮する気持ちがあった。

「いいよー、また今度」

そう言ってサッと会計を済ましてしまい、また満里奈は財布を開くことなく手で持っているだけになってしまった。

また今度、また付き合ってあげる、と言ってくれるのはありがたいが、いつも誘うのは満里奈の方からだ。それに付き合ってやってる体の仙川は、いい迷惑なのではないだろうか。

「また、はないかもしれませんよ」

会計が終わって、店から出たあとに出た言葉。

あまり、いや、かなり可愛くないことを言ったが、つい本音が出てしまう。

「そう……んー……ここは、わかったって、言われた方がいい？」

彼は財布をボディバッグに入れながら満里奈にそう言った。こちらを見てにこりと笑い、頭をポン、と軽く叩く。

「木下さんから誘ってもらうばかりだしね。ある程度森のことを忘れて、気が済んだのなら、それでもいいかな」

彼は優しい調子で喋るけど、中身がなく軽薄と思うのは、いつでも突き放されてしまいそうに感じるからだ。

言い回しに配慮が足りないというか、つまり、もし満里奈がもういいや、と彼を誘わなくなったら、それはそれで彼は何とも思わない気がする。

いつでも満里奈の手を放し、突き放すこともできる立場にいる彼は、いったい今の状態を、どう思っているのだろうか。

どちらかというと、森よりも仙川の方が優しげでモテる。そこは満里奈もなんとなくわかる。

でも、別に満里奈と会わなくてもいいよ、というような突き放す言葉を、サラッと言えるのが嫌だな、と感じてしまう。今も、仙川自身の気持ちははっきりさせず、満里奈にゆだねているだけだ。

「そうですね。仙川さん誘ってくれませんもんね」

「そりゃ、だって……付き合ってもいない若い女の子を、十四も年上の男が誘い続けるのも、気持ち悪いでしょ？」

「別にそんなことないですよ」

「君くらいの女の子を誘うのは、こっちだって勇気がいるよ」

そう言って、駅まで送るよと満里奈を歩くように促した。

「仙川さんみたいなイケメンで通ってる、清潔感のある大人が嫌われることなんてないですよね？」

「そうかなぁ」

「そうだと思います」

歩きながら気づく。この言い方だと、まるで自分が仙川に気があるような、そんな感じじゃないだろうか。

もしくは、もっと誘ってほしいとか、暗に言っているような印象を与えるかも。

「あの！　別に私は誘ってほしいとかではないですからね。ただ、次はなくてもいい、という話で！」

「はいはい。じゃあ、また今度、お互い翌日が休みの時に、俺の家で飲もうか？　俺は料理そここしかできないから、ケータリング頼んで。そんで、俺ん家ちょっとしたテラスがあるから、寒かったらストーブ入れて、夜景見ながら楽しくね」

返事に困って顔を横に向けると、彼はクスッと笑って、また頭をポンポンする。今度は、なんて言っておきながら絶対に彼は自分から誘わないに違いないことはわかっている。しかし心のどこかで期待して楽しみにしてしまう満里奈もいるのだ。

「じゃあ、行きますけど？　場所わかんないから、迎えに来てくださいね」

「どこまで？　まさか自宅？」

「そんなわけないでしょ！　近くの駅まで行きますよ！」

だよね、と言って笑った仙川は、顔立ちが柔和であり整っているので、かなりカッコイイ。そしてその笑顔を行き交う女性が数人、ジッと見ていた。

彼女だと思われるかもしれない。でも違うんだから、と満里奈は大きな息を吐く。

「近くの休みはいつ？」

「四日後ですけど」

満里奈の言葉に仙川は、あー、と言ってため息をついた。

「インターバル日のあとの国内線だなぁ……じゃあ、また今度シフト合わせようね」

微笑んだ彼に、ですね、とだけ答え、駅まで二人で歩いた。

駅までそう遠くなく、特に話すこともないままそこで別れた。

「何してるのかな、私……好きでもない人と会うより、次の恋を探した方がいいっていうのに……」

森のことを引きずるのは、本当に理想だったからだろう。

あれだけの人が目の前に現れてしまったのだ。森と恋人関係になり、結婚するという寿々がかなり羨ましい。

出会いを聞いたら、まるでテレビドラマか映画のようなロマンチックな出会い方で、自分には到底起こらなそうで、敵わないと思った。仲睦まじい様子も垣間見え、とにかく心の中は複雑だった。

「石井先輩みたいな出会いなんて、私にあるんだろうか……仙川さんとご飯食べてる場合じゃないのに、なんでずっと誘ってしまうんだろう……居心地いいだけだよね、きっと」

のらりくらり、とされているようだけど、文句も聞いてくれているのが、ただ心地いい。

いつまでも二十二歳でいられるわけはなく、もうすぐ二十三になってしまう。結婚は正直早いと思うのだが、早くするに越したことはないだろう。

グランドスタッフとして働いていて、まだやっと一年過ぎたところだ。長続きするような仕事ではないと思う反面、最近は寿々を見ているともう少し続けてもいいかな、とさえ思い始めている。

「でも、恋は、したいなぁ……」

森のことも夢を見すぎただけ。

それがわかったから、もう面倒くさくなって、恋をするのが嫌になってしまいそう。

いくら美人と言われようと、結局いつも恋には不器用なだけ。

しばらく仕事に専念した方がいいのかもしれない、と満里奈は電車を待ちながら肩を落とした。

2

しばらくは恋だの愛だの考えずに、仕事だけに生きた方がいいのかもしれない。

仙川と最後にご飯を食べてから、二週間。満里奈はせっせと仕事に邁進していた。連絡はもちろん向こうから来ないし、来ない人に連絡するのもなんだか癪だ。

そうやってモヤモヤ考えていると、不意に同期から話しかけられた。

「それにしても、石井先輩……大物を掴んだわよね？　どうやって森機長と知り合って、そういう仲になったのか、聞いてみたいけど……私、仲良くないからなぁ」

そう話す彼女とは仲良くはないが、同期として情報交換をしながらともに一年以上働いた同志のようなものだ。名前は矢口麻生。満里奈と同じく、専門学校を卒業し、就職をした。

彼女と満里奈が同じなのは、ＣＡの採用に落ちて、グランドスタッフになったことだ。

同期の彼女の視線は、先輩で満里奈の指導係であった、石井寿々の左手薬指に向けられていた。先日、寿々は誰もが憧れる、超イケメンパイロット、森石蕗から婚約指輪を贈られた。

しかも公衆の面前で指輪を手渡されたので、そこにいたＪＳＡスタッフ全員、目を丸くして驚いたものだ。

当然、空港には旅行客なども多くいたため、ちょっとした騒ぎになった。きっと女性の中にはトキメイテいた人も少なくないだろう。

「大物って……そういう言い方、私好きじゃないな」

満里奈は搭乗を案内するためのポールを設置しながら言った。満里奈の言葉に不満だったのか、矢口は掲示板をポールに取り付け、唇を尖らせる。

「だって、そこまで美人、ってわけじゃないし。まぁ、可愛い人だとは思うけど、あの森機長を射止めるようには思えないじゃない？　森機長って、仕事もデキルし顔もいいから、ＪＳＡの広告塔になってるくらいの人よ？」

「森機長には美人が隣にいて当たり前ってわけじゃないでしょ？　それに石井先輩だって、仕事できる人だし、真面目だし……良い人だし」

それはわかってるけど、と言いながら矢口は不満げな様子でこれからのスケジュールを確認しだした。

「でも、なんだかね、木下の気持ち知ってて黙ってほくそ笑んでたと思うと、あまり気分が良くないのよね。石井先輩、結婚しても仕事続けるみたいね。私は結婚して、早く仕事を辞めたいって思っちゃう」

石井寿々という人はそんな裏で悪意を持つような人ではない。真面目で仕事はできるけれど、実際はとても不器用な人なのだと思う。恋愛スキルは低そうだし、なんとなくだが天然なまま彼氏を振り回していそうだ。

「そんな人じゃないよ、石井先輩は。きっと黙っていたのも、きつかったと思うよ？　それに、矢口の言う通り、あれだけの人を射止めてるんだから、周囲にいろいろ言われたくなかったはず。もしも私が森機長とうまくいったとしても、今の矢口みたいなこと、あまり言われたくない」

矢口の目をまっすぐに見て言うと、ほんの少し眉間に皺を寄せた彼女は、すぐに表情を改めた。

「まぁ、確かに……それはわかる。私が石井先輩の立場だったら、言われたくないし、関係を黙ってるのもわからないでもないしね。でも、木下が森機長にアプローチして頑張ってるの知ってて黙ってるのもなんかね。私、そういうの、だめなんだよね。石井先輩の評価、私の中で、めっちゃ下がってるから」

「何それ……直接何かをされてないのに、そういう子供みたいなことやめて」

最近の矢口は寿々に対して非常にそっけなく、まるで中学生の女子のように無視をしているのがよく目についた。

周囲も何かあったのか、と寿々に聞くほどだ。寿々との関係は満里奈自身の問題で、たとえそれを心配し、許せないと思う気持ちがあっても、満里奈も矢口も社会人だ。そういう子供じみたことをするのはよくない。

「私は、木下のことを思っただけよ」

「私のことを思っているのなら、そういうことやめて。だって、恋愛はしょうがないじゃない」

「木下は美人だし、今からでも略奪できそうだけど？」

略奪だなんてそんなこと、満里奈は考えたこともなかった。どちらかというと、今となっては森よりも寿々の方が尊敬できることが多くて、寿々の相手に森はもったいないように見えないこともない。

寿々はとても良い先輩だ。靴が合わなかった時も何度も声をかけてくれたりしたし、指導は時々厳しかったけれど、それは今ではとても役に立っている。

仕事に実直で、硬派の森にはそんな寿々が似合っているのではないか。

「恋愛は顔だけじゃダメ……私って遊んでそうに見えるって言われるし、それはそれで傷つく。確かに合コンは行くけど、あからさまな誘いは断ってる。そういう、略奪とか、私は考えたくもない」

矢口とはずっと仕事で苦楽をともにしてきたと思っているが、こういう女っぽい発想は好きになれなかった。だから、友達というより同期、というところで関係を止めている。

「あっそ、わかった！　私は、木下のことを思って言ってるんだけどね？」

「わかってるよ、ありがとう。でも、もう略奪とか、そういうの口にしないでね？」

そう言ったところで、話題の寿々が後ろから満里奈と矢口に声をかけてきた。

「二人とも私語は慎んで？　なんだかお客様、二人を見ているみたいよ？　私はお客様のお迎えの場所に立つから、木下さんはアナウンス、矢口さんは案内をお願いね」

にこりと笑った寿々は、美人ではないが、可愛らしい。それに、胸も割と大きくて、ちょっと外国人みたいな体型をしている。細身だがムッチリしているところが、羨ましい。

満里奈と違って、制服の合わせ目に色気を感じる。

「すみません、先輩。気をつけます……ところで、また一緒にご飯行きたいんですけど」

満里奈がそう言うと、寿々はフフッと笑って、頷いた。

「今度の休みが合った時どう？」

「行きます！　私、こうやって付き合ってくれる人いないと死んじゃいますんで」

「大げさね、木下さん。じゃあ、お店、リサーチしとくね」

寿々は踵を返し、キャンセルカウンターへと足を向けた。案の定、矢口は寿々に何も言わなかったが、寿々はしょうがない、という風だった。

「八方美人」

矢口は満里奈に悪態をついたが、いつものことだ。彼女はきっと中学生で時が止まっているのだと、そう思うことにした。

「私は石井先輩のことが好きなだけよ？」

おしりがキュッと上がっている寿々の身体は、満里奈的に女性らしくて可愛いと思う。

きっと、ああいうところも、森石蕗を夢中にさせているに違いない。

つい頬が赤くなるようなことを思いながら、満里奈は搭乗口でのアナウンスをもう一度見直すのだった。

☆　☆　☆

スマホを取り出し画面を見ると、ＬＩＮＥが二件で、両方とも家族からだった。特段返事を要するものではない。しかし、見たからには返信をした方がいいだろう。

ご飯は食べるのか、今日は遅くなるんでしょ？　などどうでもいいことだが、返事をしないとあとで何か言われるのが辛い。

今日は朝早く出て行ったのだから早番だとわかっているだろうし、普通に帰ったら遅くなることはないのに、遅くなるだろうと思うのはなぜだろう。

今の仕事に就き、時間が不規則になった満里奈は、もともと隔たりがあった家族と、さらに距離ができたような感じだ。

就職をしてからは特にわずらわしさを感じていて、どうにか一人暮らしできるところを探したいと思っている。

だが、グランドスタッフの給料では、ちょっと厳しい感じだった。

考え込むとなんだか心が萎えてきて、満里奈は送信しないまま書きかけのメッセージを全部消して、ため息をつく。

「たまには仙川さん、メッセージくれないかな？　用事がないって言われればそうだし、頻繁にやり取りしてると、もしかしたら彼女さんいるかもだし、迷惑だろうし」

満里奈はもう一度スマホを取り出し、仙川のＬＩＮＥにメッセージを残そうと思った。しかし途中でなんとなく、あの間延びしたような声が聞きたくなって、電話をかける。

別に何かを期待しているわけではないし、ともすれば満里奈からの電話は迷惑かもしれない。でも、声を聴きたい気持ちになってしまっている。

この気持ちに整理はつかないし、いったい何なのか、と自問自答しても答えは出ない。

仙川は電話に出ないことの方が多い。もともと、お互い不規則なため仕方ないことなのだが。

ちょっとだけ期待して数コールするが、案の定出ない。きっと仕事中でどこかの空を飛んでいるのだろう、そう思いながら電話を切ろうとすると、もしもし、と声が聞こえた。

「あ!? 繋がった」

『なんだぁ、それ?』

電話口から、ほんの少し笑ったような声が聞こえた。

『どうした? また寂しくなった? それともお腹空いたの?』

間延びしたような優しく低い声に、満里奈はなんだかホッとする。

「なんで私が電話すると、寂しいか、腹ペコだって思うんですか?」

『大概そうでしょー? で? どうしたの? タイミング良いことに、日本に着いて、デブリーフィング終わったところ』

本当にタイミングがいいなぁ、と満里奈の心がキュッとなる。モヤモヤしていた気持ちを聞いてほしい、そしてまたハイハイ、って宥めてほしい。

ただ聞いてくれるだけだけれど、それがとても心地よくて、満里奈にとっては癒しの時間なのかもしれない。

「寂しいし、腹ペコだし、モヤモヤ全開ですよ! 人って生きてると難儀ですよね」

『ちょっとソレ、二十二の若者が言うことじゃないでしょ? 木下さんは俺と、ご飯したいわけ?』

「したくないなら、別にいいです。今から帰って、家族とご飯しますから」

家族とご飯といっても、用意はしてくれるが、一人で食べるのが常だ。高校生くらいから一緒に食べたことがない。

本当は彼が電話に出てくれて嬉しいくせに、可愛くない、天邪鬼なことを言う。そうするとスマホの向こうでクスッと笑った彼が、いいよ、と言った。

『俺も腹減ってるし、お供しますよ、姫。でも、制服だから、店は俺が選ぶね』

待ち合わせはＪＳＡ専用駐車場と指定し、彼は電話を切った。

「お互い次の日が休みの時に、俺の家で飲もうか？　って言ったくせに、やっぱり家には誘ってくれないわけね。日本に着いたってことは、どこか外国に行ってたってことだよね？　ってことは、明日休みだよね？」

満里奈自身も誘ってほしいわけじゃないと言ったし、次の約束はなくていい、と言ったけれど。

結局約束がないと寂しいのは自分の方で、誘ってしまうのも満里奈の方から。つまり、満里奈は仙川との時間がないと寂しいのだ。

彼氏でもない、友達でもない仙川と自分は、いったい何がしたいのか。

彼から指定された場所に向かうと、もうすでに彼は車の脇で立っていた。車で仕事に来ることは珍しい。会社規定で、基本的には公共機関を使うことになっているからだ。

車出勤してもいいが申請がいるのと、駐車場使用料を払わなければならないため、その機会は少ないと聞いている。

「っていうか、そんなに堂々と私が仙川機長の車のところへ行ったら、噂になるんじゃ……」

人目が付きそうなところは避けた方が、とふと立ち止まって考える。

ＬＩＮＥにメッセージを送信し、指定の場所でピックアップしてほしいと伝えると、彼からＯＫ！だけの返事がきた。

「かるっ！　返事がすごく軽い感じがする」

仙川はとても素敵な男性だと思うが、こういうところが満里奈は苦手だった。本音や本心が見えず、よくわからない感じで返事をするところ。そしていつもなんだか笑っていて、この人中身があるのか、と満里奈は思ってしまい、仙川を軽い男に見てしまうのだ。だから、なんといっても真面目そうで硬派な雰囲気の森石蕗に惹かれたんだと思う。

しかしそんな彼ももうすでに人のモノ。仲良くしてもらっているし、たくさん指導もしてもらった先輩の彼氏で、もうすぐ夫になる人だ。

ただため息を吐き出しながら、ピックアップを頼んだ場所へと向かうのだった。

☆　☆　☆

「ちょっとご機嫌斜めっぽいね」

「そんなことないですよ」

「車に乗ってからずっと、なんか喋らないしさぁ」

ふう、とため息をついた仙川は、結構おしゃれな個室のあるカフェバーみたいなところに連れてきてくれた。落ち着ける雰囲気があって満里奈はすぐにリラックスして背もたれに身体を預けた。

「どうしたの？　俺なんかしたっけ？」

「いえ、本当に何もないです。ちょっと考え事してただけです。これからの私のことを」

そうなの？　と言うように首を傾げる彼は、軽く肩を落とす仕草をした。

ほぼ喋らず黙っていたのは、仙川が乗っている車が超高級外車だったから驚いたのだ。しかも革シートで、電動で動くやつだった。確かにパイロットの給料はいいが、こんな車を買えるほど？と違和感を覚えただけだ。

「仙川さんって、良い車に乗ってるんですね」

「ああ、アレ？　あれは、兄貴のお古だよ？　今、五年目で、もうすぐ車検なんだよね」

お古で五年目って、そんなに古くもないいんじゃないかと満里奈は思ったが、頷いておいた。

「それよりお腹空いてるんでしょ？　何か頼んだら？」

そう言って、彼はソフトドリンクのメニューを開いた。カフェバーなので、居酒屋みたいなメニューはないが、オムライス、ホワイトソースなどが美味しそうだった。

「じゃあ、オムライス、ホワイトソース」

「飲み物は？　マリーは運転がないから飲んでもいいよ？」

姫と呼んだりマリーと呼んだり、彼はいつも適当に満里奈を呼ぶ。そういえば、彼の名前もマリと呼べる漢字だったたと思い出した。

「仙川さんの名前も、私と同じ響きで読めますよね？」

「そうそう、今でも親しい友達や女の子からはマリ、って呼ばれる時あるなぁ」

別にお酒を飲みたいわけではないので、アルコールなしのカシスオレンジを頼むことにした。彼は満里奈と同じオムライスのデミグラスソースの方にするようだ。

店員をボタンで呼んで注文をすると、彼は満里奈を見て小首を傾げてからにこりと笑った。柔和で整った顔立ちの彼が微笑むと、さすがにドキッとしてしまう。

「結局私が誘いましたね」

「ああ、ごめんね……君には君の付き合いがあるかと思うし……」

微笑みを苦笑に変えた彼を見て、さらにドキッとしたが、満里奈の交友関係なんて、最近はイマイチだ。

「私は……最近は、同期の子とかの付き合いは、ちょっと苦手です」

結婚とか、先輩から彼を奪うとか、そんなどうでもいい話ばかりをする。女子として確かに結婚はしたいとは思うが、今はそれよりも考えることがあるのだ。

「私はまだ二十二ですけど、あと少しで二十三歳。というか周りもそれくらいですが、みんな今だけしか見てないからそんなこと言うんです。その次は二十四になって、すぐに二十八になって、さらに三十になりそうで。早く家も出たいって思ってるのに、きっと私これからもこんな感じのまま年齢だけどんどん重ねて、くだらない話をしてるおばさんになりそう！　だからそれだけは避けたいから、せめて大人な彼氏でも見つけたいって思うのに……」

ノンアルのカシスオレンジをグーッと飲み干すと、仙川はその様子を見て声を出して笑うだけだ。

「なんで笑うんですか！」

「千八子（ちやこ）ちゃんが同じようなこと言ってたなぁ、って。でも、彼女は大人のカレシ見つけても、結婚は遅かったけどね」

千八子というのは小牧（こまき）千八子改め、仁田原（にたばる）千八子となり、ＪＳＡを退職したグランドスタッフだ。かなりの美人で、スタイルもよく、こんな人いるんだなー、と初めて見た時はポカンと口を開けてじっと見つめてしまったほどだ。

結婚した相手は仁田原義也（よしや）というＪＳＡの名物機長であり、厳しい教官としても有名で優秀なパイロット。そんな彼と千八子が結婚したのは、三十歳を迎えてからだった。

「それでも、きちんと結婚して、幸せそうです」

「九年もダラダラ付き合うのもどうかと思うけどねぇ……マリーは嫌でしょ？」

「それはそう、です」

満里奈がそう言うと、彼は人差し指をこちらに向けて、ニッと不敵に笑う。

「焦ってもいい人と巡り会えるわけでもない。恋愛って難しいよね？」

そう言ったタイミングでオムライスが運ばれてくる。満里奈のオムライスが先で、すぐに別の店員が仙川のオムライスも運んできた。

「難しいけど、結婚って、家を出るタイミングになるじゃないですか」

満里奈はオムライスを食べながら、自分の本音を話す。

「もちろん、本当に森機長のことは好きでした。だから頑張ってたけど……仮に付き合うようになったとしても、即結婚、なんてことにはならないから、家は出れませんね」

つい先ほどの親からのＬＩＮＥを思い出して重い気持ちでため息をつくと、仙川はオムライスを口に入れたままジッと見て、飲み込んでから瞬きをした。

「マリーは、家を出たいの？」

こくりと満里奈が頷くと、彼は再度瞬きをして、スプーンを皿に置いた。

「なんで？」

「なんで、って言われても……」

言葉を濁すと、仙川は微笑んだ。

食べていた手を止めて、少し目を伏せる。なぜかこの人になら話してもいいかな、と思った。

「あんまり人に話すことではないですけど……私の家は私がまだ三歳の時母が離婚して、それから今の父と再婚して双子の妹が生まれて……だからもっと自分の居場所欲しくて」

満里奈はうつむいた。というか、こういう話は笑顔で話せない。家族との関係は、苦しい時もあったからだ。

「バカみたいに合コンとか行きまくって、良い人見つけたいって思ってた。森機長とだったらきっと離婚なんてしないだろうし、子供ができたって、私みたいなことにならない」

別に母を恨んでいるわけではないし、今の継父が嫌だとか、そこまで思っていない。妹たちは満里奈が父親違いだとわかっているから、ちょっとだけ見下しがちだが、別に意地悪をされているわけでもない。

ただ、でも、居心地が悪い。大事にされているような感じがしない。

「親が再婚、ねぇ……とりあえず、一人暮らしって思わなかった？」

仙川に聞かれ、満里奈は頷く。

「ＪＳＡの社員寮の申請は入社時からしているんですけど、実家近いからか、抽選に漏れてばかりで。貯金がいっぱい、ってわけではないから余計に家を出る方法が結婚くらいしか思いつかなくて」

結婚しか思いつかないなんて浅はかすぎる満里奈の考えを、仙川は何も言わずに聞いてくれている。

改めて自分で言うと、短絡的すぎて、話すんじゃなかったなぁ、と思う。

「変な話してすみません……家族には誕生日とかのイベントでは、できるだけプレゼント用意したりして頑張ってたけど、でも気を張ってやることじゃないですよね……できれば、きちんと自分のやりたいように、好きだと思った人と暮らしたかったんですよね」

ため息をついて顔を上げると、仙川がどこか痛ましげな表情をしていた。だが、満里奈が話している間中、口を挟むことなく、黙って聞いてくれていた。

「家族にプレゼントか……偉いね。そんな複雑だとは思わなかったよ」

「複雑ってほどじゃないですよ。母が再婚したのは私が五歳くらいのころだし、今の父だってきちんと学校出してくれました。妹たちはワガママな感じで、今時な女の子ですが、私のことを姉だとあまり思っていないだけで、悪い子じゃないですし」

そこまで話して少し口を噤む。妹たちが自分を姉だと思っていないように、満里奈も彼女たちに対して赤の他人という感覚が拭えない。

「……でも、私はその一員と少し外れてるし、家でも何となくそのポジション。あなたは顔だけはいいんだから、なんて言われたり」

さらに暗い話になってしまった。満里奈は重くなった空気を振り払うようにオムライスを食べ始めた。仙川の手も止まっていて、そりゃそうだよね、と思いながら声をかけた。

「仙川さん、食べないんですか？」

「いやいや、マリーが話してるのに、食べられないでしょ？　……でもそうか、だからあんなに頑張ってたわけだ……ま、君が森とくっついても、お似合いだなぁ、って思うだけかもしれないけど」

それから考える仕草をして、苦笑いをした。

「ただ、結婚は安易にできないからね。相手のいることだし。そこら辺はわかってると思うけど……自分にできることが結婚だけ、って思わない方がいいんじゃないかな」

「でも、私……顔だけ、だし」

ずっと言われるので、実際そうだと自分でも思う。今のところそんなに仕事ができるわけではないし。

「顔だけなんて言わないようにしないとね。それに、じきに二十三になるんでしょ？　仕事はこれから。俺が同じ年のころは、ＪＳＡのパイロットになるつもりだったのに、経営が良くなくて、森と一緒に君と同じグランドスタッフだったよ？」

「えっ⁉　初耳！」

グランドスタッフ経験者だったとは初めて知った。森と同期入社とは知っていたけど。

仙川はどこか懐かしむように話しだした。

「そうだよね。森の方が一年ならないくらいで、パイロットの技術チェックに入って、すぐに副操縦士になったからなぁ。俺は一年半くらいグランドスタッフして養成だから……あいつはもともと資格取得後の入社だったし、森からは三年近く遅れたなぁ」

目を丸くして驚いていると、クスッと笑って優しい目で満里奈を見る。仙川の頬杖をついてこちらを見上げるその表情にドキッとして、満里奈は視線を落としてオムライスを頬張った。

「家を出たいのはともかく、まだしばらくは結婚とか、ちょっと保留でもいいと思うよ。あと自分で自分のことを顔だけって言っちゃいけないと思う。俺も言われたことはあるけど。地味に傷つくよね」

そっか、自分も知らずに傷ついていたのかも、と満里奈は唇を噛み締めた。

顔を上げてオムライスを頬張る満里奈を見て、ただ仙川は微笑んだ。

「確かに、森は良い男だね。ああいう、努力家で、真面目だけど冗談も通じて、仕事もできるような性格の良い男はなかなかいないな……好きになる気持ちもわかるよ」

仙川は着ていたＪＳＡの機長の上着を脱いで、ネクタイをシャツのポケットに入れた。それからスプーンでオムライスをすくって食べる。

「でもね、マリー。森が君の中でストライクだったと思うけど、森以外にも良い男はたくさんいるはずだ。君だけの唯一がきっとどこかにいるよ。だから君みたいに綺麗な子がさ、合コンばっかり行ってると、変な誤解されるからやめな？」

満里奈だけの唯一なんて、本当にいるのだろうか？　時には言いたい放題に言ってしまう時だってあるし、気だって弱い方じゃない。合コンに行っていたせいだけではないが、軽い女と見られがちだ。

「もうすでに、私、遊んでるように見られてるみたいですけど？」

「まぁ、そうかもしれないけど……そんなこと言うやつは無視。君は、遊んでる女じゃないって、俺はわかってるから」

「仙川さんだけに言われても……でも、わかりました！　今後気をつけます！」

ムムッと唇を引き結んでスプーンをオムライスに突き刺す。仙川だけがわかっても、みんなにわかってもらえなかったら一緒ではないのか。

ただ、合コン合コン、と言っていた自分の過去が恨めしい。

本当の満里奈自身は、男を漁っているわけではないのだから。

「どうせ、彼氏もいたこともないし、キスもしたことがなければ手を繋いだこともない処女ですよ。私なんて成人してるのに、子供と一緒です。合コンに行ってるからって、軽く見られるのは酷いって思います！」

満里奈が口をモグモグさせながら仙川に視線を向けると、彼はスプーンを持つ手を止めてこちらをまじまじと見ていた。

「えっ⁉　そうなの？」

驚いた顔をして満里奈を見るので、余計にムスッとした顔になる。

「なんですか？　いけないんですか？」

「いや、いけなくはないけど……そんなに綺麗な顔してるのに、まっさらって、こっちがドキドキするなぁ」

はぁ、とため息をついた彼はスプーンを皿に置いた。

「知りたくない情報だった……ああ、じゃあ、そうだよね……森くらい良い男じゃないと嫌だよね？」

心なしか、少し顔を赤くしたような仙川に、こっちまで恥ずかしさに顔が熱くなってくる。

「な、なんですか⁉　ドキドキって、なんですか⁉　別にいいでしょ？　私はまだ二十二歳ですよ！もうすぐ二十三ですけど」

「そうだよね、若いし、別に処女でもおかしくないかぁ……しかし、彼氏もいたことないなんて……姿形だけじゃなくて、全部が綺麗なんだね……感心する」

感嘆みたいなため息を吐き出した仙川に、さらになんだか羞恥を感じてしまう。これは相手が大人だからの反応だろうか。子供が大人相手にペラペラ喋ってはいけなかったか、と後悔する。

「君みたいな子に思われて、森が羨ましいよ。マリーには、きっともっと、森よりも良い男ができるんだろうね」

にこりと微笑む顔も言っている言葉もイケメンそのものだった。そして、先ほどの後悔が少しだけ和らぐ言葉だった。そんな価値が自分にあるのか？　と思いつつ、仙川が言うのなら、その通りになる気がする。

全部が綺麗なんだね、という言葉もやっと満里奈の心の中に入ってきて、彼にいろいろぶちまけてよかったかもしれないと思った。

「私が処女ってこと、内緒ですよ？」

「言って誰得なのさ。身持ちが固い女の子、俺は好きだけどね」

「……は？」

満里奈は瞬時に固まってから眉を寄せる。

「なんですか、その好きって」

聞くと、深く考えないで、と彼は言った。

「だいぶ昔だけど、大学時代ね。顔立ちはマリーほどではなかったけど、まぁ可愛らしい感じの子で、真面目で勉強も頑張ってる子がね、卒業間近に俺とセックスがしたい、って言ってきたことがあったわけ。顔を真っ赤にしながら、頭を下げて」

「それで？」

「うん、それでね、理由を聞いたら、自分は処女でずっと俺のことが好きだったけど、なかなか勇気がなくて言えなかったと。それに、自分のことは好きじゃないだろうし告白しても無駄だと思ったんだって」

仙川は満里奈を見てにこりと微笑み、水の入ったグラスを口に運んだ。

「彼女が俺を好きだなんて考えたこともなかった。真面目さが同級生として好ましいと思っていたくらいだった。だから、君のことを本当に好きな人とやりな、って言ったんだよ。でも引き下がってくれなくて、泣いちゃって……しょうがなく、彼女とセックスをしたんだけどね、だけどさ……もう後悔しかない、今も」

「どうしてですか？」

衝撃的で生々しい話に息をのみつつ、仙川だったらそんなことを頼む女性もいるかもしれない、と考えてしまう。しかし、彼にとってはあまり良い思い出ではないらしい。

「しょうがない、って気持ちでその場を収めるために、引き受けてしまったけど……奪ったのは俺なのに、奪われた気分、っていうのかな？　とにかく、安易に返事をして、彼女は思い出ができたかもしれないけど、俺は好きじゃない人とやったのが嫌だった。お互いが恋愛感情なしで割り切っていたならまだしも。だからさ、身持ちが固いマリーも、きちんと好きな人同士と結ばれてほしいわけ。適当にしたら、もしかしたら俺みたいに、相手も傷つくかもしれないしね」

この人意外と真面目なのね、と満里奈は心の中でつぶやく。仙川の見た目は、ちょっと日本人離れをしている、はっきりとした目鼻立ちに、柔和な感じを受けるイケメンだから、女の子をいっぱい泣かせてそうだという印象が先走っていたが、そうではなかった。

「仙川さんって意外と真面目な考えしてるんですね。私、ヤリチン野郎と思ってました」

「えー？　心外……なかなか失礼な表現だよね……森の方がヤリチン野郎だと思うけどねぇ」

「はぁ!?　なんですかそれ！」

満里奈が怒った口調で言うと、仙川は肩を竦めた。

「俺って意外と内側に人入れないからさぁ、女の子と付き合った数って片手の指で余るよ？　さっき言った後悔するセックスを含めて、ソウイウ相手も片手で余るからねぇ。森はもっと付き合った人いるんじゃないかなぁ……？」

森石蕗の付き合った女性の数云々はともかく、満里奈は不信な顔で仙川を見てしまう。

だって、これだけの容姿を持って、パイロットで高給取りで、年齢も満里奈より十四歳くらい年上なのに。付き合った女の子の数が片手で余るなんて、五人以下ではないか。

「こんなオジサンになっても、こんな程度なわけ。マリーは若いんだし、ゆっくり探せばいいんじゃない？　君だけの唯一をさ」

仙川は満里奈にもっと自分を大事にしろ、とそう言いたいのだろう。焦って後悔するな、と。

「若いって言ったって……花の命は短いんです！」

「あはは！　言うねぇ！　でも大丈夫、君は若くてキャンキャン言うけど、きちんとしてるからさ」

何が大丈夫なんだか、と思ったが、彼が言ってくれるのなら、うまくいくような気がしてきてしまった。

話し方が軽くて、見た目も華やかなイケメン。だが思えば、仙川はいつも満里奈に誠実だった。

本当は気づいていたけれど、気づかないふりをしていた。

彼は見た目だけで人を判断しないし、こんな自分を軽く扱うこともしない大人の男だということに、目を背けていたと思う。

「それで？　少しは落ち着いたかな？　姫？」

茶化すような言い方に思うところはあるが、それをぐっとのみ込んで満里奈は大きく息を吐き出し、姿勢を正した。

「とりあえず、略奪とか言ってきた同僚はしばらく適当に流しておきます」

「そうだね」

華やかなイケメンは、クスリと笑ってから頷いた。

「そんで、目の前の仕事をします。最近はしっかり頑張りたいと思っているし、資金を貯めて……そうしているうちに、寮の空きが出るかもだし……その時はきちんと家の事情も話して、入りたいです」

「ん、わかった。それがベストだろうね」

よろしいとばかりに笑みを浮かべ、大きく頷く。こういう、きちんと返事をしてくれる、相槌を打ってくれるところが、なんだか満里奈を肯定してくれているようで、嬉しい。

「合コンは、卒業します。合コンして仕事したら眠い時が多いし、石井先輩みたいに、後輩の指導もできるグランドスタッフにもなりたいから」

不意に彼が手を伸ばしてきて、満里奈の頭を撫でた。

「やっぱりセットしてある髪の毛、ちょっと硬いよね」

「だったら触らないでくださいよ」

そう言いながら頭を撫でてくれるその手が温かいことに、満里奈は幸福感を覚える。

いつも結局どうでもいい話をして、余計なことまで話してしまうけれど、親身になって聞いてくれる仙川には感謝しかない。

でも、この関係もずっとは続かないだろうな、と心の隅っこでつぶやく。

満里奈と仙川は男と女なのだ。だからこそ、こんな微妙な先輩後輩のような、まるで兄妹のような関係は長くは続かないだろう。いずれきっと卒業することになる。

でももう少し、この時間が続けばいいなと思った。

☆　☆　☆

満里奈は仙川と別れて家に帰った。

玄関のドアを開けるとテレビの音声が耳に入ってきて、母と妹たち、そして時々継父の声が聞こえてくる。

靴がたくさん出しっ放しになっていることに顔をしかめ、満里奈は履いていたパンプスを靴箱に片づけた。

「ただいま」

リビングでは家族四人がテレビを見ていた。バラエティ番組らしく、最近よくあるドッキリ系のやつだった。

「お帰り。何も連絡なかったから夕飯ないわよ」

母から言われた言葉にげんなりとするが、しょうがない。

「お弁当ありがとう」

キッチンへ行き、お弁当の容器を洗おうとすると、母がため息を吐き出しながらやってきた。

「どうしたの？　お母さん」

「デートだったの？　いい人見つかった？」

探るような目で聞いてくる。満里奈のことは興味ないのに。そのくせきっと彼氏が見つかったら見つかったで、きっと難癖をつけてくるにちがいない。

いつもそうだ。誰かと仲良くしていると、その子はどうして満里奈と仲良くしたいのかわかってお友達になったの？　なんて、わけのわからない嫌味を言ったりしていた。

きっと結婚とかそういう話になると、一人暮らしもしていない何もできないお前に、結婚なんてとんでもない、など言いそうだ。

とどのつまり、母は心配と言いながら、満里奈を振り回し、ケチをつけたいだけだ。それに、本当の父と顔が似ているところが気に食わないのだ。

これに気づくまでにずいぶん時間がかかった。

一人暮らしだろうが結婚だろうが家を出てしまったら、極力家族にはかかわらないで生きたいと思っている。

自分が正しいとか正常だとかは言わない。だが、振り回されるのはごめんだ。継父も同じ部類のタイプで、満里奈の本当の父よりも二人は気が合っていると思う。

「違うよ。ちょっと同期……の子とご飯食べて、仕事のこと愚痴ってただけよ」

満里奈がそう言うと、母がため息をついた。

「満里奈は顔だけはいいんだから、早く良い人が見つかると思ったんだけど……」

顔だけはなんて余計なこと言って、と思うがそれを口に出すとケンカになるので、もちろん言わない。

本当は何も心配していないのが見え見えなのだ。

「私まだ二十二よ?」

モヤッとするこの思いは、仙川の言う通り、傷ついてしまっているからだ。

顔だけはなんて、実の母から言われたくなかった。

「お母さんは、あなたを二十三歳で産んだのよ?」

「出て行ってほしいのはわかるけど……一人暮らしをする資金はまだ貯まってないから。もうちょっと待ってくれる? まだ心もとない金額なの」

二十三で産んだからってナニ?

その最初の相手、つまり満里奈の実父とは別れているのに、何なんだろう。

「そうね……優里奈(ゆりな)と紗里奈(さりな)も受験生だし、あまり刺激したくないじゃない」

何か言い返してやろうかと思ったが、言ったところで何も現状は変わらないだろう。家族に誤解されて終わりになりそうだ。

仙川に言われた言葉を思い出す。満里奈を今のままでいいと言っているような、そんな肯定する言葉だ。

『マリーには、きっともっと、森よりも良い男ができるんだろうね』

『大丈夫、君は若くてキャンキャン言うけど、きちんとしてるからさ』

もっといろいろ良いことを言われた気がするけれど。彼を思い出すことで、今の言葉を聞き流せるくらい、前向きでいられた。

「私、男の人を見つけるために、働いたり、ご飯食べに行ったりしてるわけじゃないから。いつもお弁当ありがとう。貯金したいから、明日もお願いしていい？」

「結婚資金はその貯金から自分で出すの？　あなたのお父さんから養育費はもうもらえないからね。優里奈も紗里奈も大学行きたいって言ってるし……」

だから何だよ、と心で叫ぶ。

満里奈は専門学校だっていい顔をされなかったのに、双子の妹は大学に行けるらしい。

羨ましいとは思わないけれど、それだったらお金がもう少し貯まるまで、黙っていてほしいと思う。

「結婚式をしないカップルだって多いわけだし、別に私はこだわってない。ただ、いずれ出て行くし、そのためにはお金が必要だから少しでも節約したいの」

母は何も言わずため息をついてから満里奈が洗った弁当箱を拭くために手を伸ばした。

まだ頑張れる、と満里奈は心の中で言う。

今日は仙川に話を聞いてもらってよかった。今の満里奈を肯定する言葉は、倒れそうな背中を支えてくれたと感じている。
やはり一人暮らしをしようと思う。そうしたら家族を気にしなくてもいいのだ。

3

肩を叩かれ、振り返ると矢口がいた。その様子から、なんだか頼みごとをされそうだと思ったら案の定だった。

「今日ね、急遽飲み会に誘われたんだけど、木下、来てくれない？」

お願いポーズをされた場所は、職員用のトイレ。歯磨きをしようとしたところだった。

この前仙川に、合コンに行かないと言った矢先に早速、と思いながらゲンナリしてしまい、そのまま気持ちが声に出てしまう。

「えー……私もう、そういうの行かないって決めたんだけど……」

同期の矢口麻生は割と美人だ。髪色も明るく、目立つ容貌をしている。そして、こう言っちゃいけないかもしれないが、派手なことが好きで、飲み会も大好き。

「最近付き合い悪いよ、木下。美人なんだから付き合ってよ」

付き合い悪いと言われても。早く結婚したくて合コンに精を出していたのは、家族と離れたいと思う気持ちがあったからだ。しかし今は違う。今は結婚よりも堅実に、一度家を出ようと思っている。

仙川と話して、気持ちが根本的に切り替わったのだ。美人だから付き合って、と言われるのもなんだかモヤッとする。

「だってさ……私ってば、なんだかんだで、本当は地味女子よ？　もう頑張るのやめようと思って。目当ての人もいないし、行ったたって無駄だし」

「新しい出会いもあるでしょう？　整備士で木下の友達の、倉橋さんも来るから！　それに！　仙川機長と遊佐副操縦士も来るんだよ！」

仙川の名前を聞いて、手が止まる。満里奈に合コンをやめるように勧めておきながら、自分は参加するのか。

満里奈が入社した時から、森と仙川の二大巨塔が自社、他社ともに有名で人気のパイロットだった。その陰で遊佐志誠というまだ若い、といっても満里奈たちより九歳年上の副操縦士も人気があった。

遊佐という人はどちらかというと森っぽい雰囲気で、眼鏡をかけているイケメンだ。視力が悪いとパイロットになれないのだと思っていたが、ＪＳＡでは矯正視力で0.7以上あれば合格らしい。

遊佐は極端に視力が悪いというわけではなく、ほぼ乱視矯正のため眼鏡を着用している、と聞いたことがあった。

「だからさぁ……今のところ恋愛はいいの。なんかさぁ、いろいろ考えたくなくて、そういうの」

「木下目当てで来る人だっているんだよ？　倉橋さんもいるし！」

倉橋というのは、満里奈の高校のころからの友達、倉橋百合のことだ。彼女の父親が自動車の整備士で、それがきっかけで整備というものに興味を持ち、ＪＳＡの整備士養成コースを経て、一等航空整備士となったのだ。

立派な父親とそして目標を持っていて偉いなと思っていた。しっかり者の彼女が友達なことを、ひそかに自慢にしている。

「百合ちゃんが来るなんて、どうしたんだろう……そういうの興味なさそうなのに」

「無理に誘った！　木下も来るから、って」

なんだよそれ、と満里奈は心の中で渋面を作る。矢口との付き合い方もそろそろ本気で考えなければならないな、と頭の中で思った。

「わかった、行くよ……で？　どこでするの？」

「完全個室の、千里（せんり）だよ。行ったことあるよね？」

確か森が来ると言ってこなかった合コンがあったなー、と思い出す。あの時はがっかりしたものだ。

今さらそんなことを思い出しても詮無いことだ、と内心ため息をつくと、矢口がまた適当なことを言ってくる。

「でもさ、森機長みたいな年上が好みだったら、仙川機長狙えばいいじゃん」

もう何言ってるんだろう、と苛立ちを覚えて、あのね、と口にしようとすると、名を呼ばれた。

「木下さん、矢口さん、休み時間終わったでしょ？　矢口さんは午後から搭乗手続きだったでしょ？早く行かないと、そろそろお客様がどっと押し寄せて来るんじゃない？」

声をかけてきたのは石井寿々で、可愛らしい顔に笑みを浮かべていた。寿々がちらりと満里奈の方を見て、ぱちりと瞬き。

きっと満里奈が困っていることに気づいて声をかけたのだろう。しかし矢口はめげなかった。

「そうでしたね……石井先輩はいつもなんだか、充実してそうですよね？　こういうところにも細かく目配りができるから、余裕ですよね？」

なんだその嫌味っぽい言い方、と満里奈が口を開こうとすると、それより先に寿々がすぐに声を出した。

「充実していなくても、出勤しているならきちんと時間を遵守して、行動に移すのがプロでしょう？もう新人ではなくて一人前の仕事ができる矢口さんだから、わかるわよね？」

「……はい」

ちょっと不貞腐れたように返事をして、矢口は寿々の横をすり抜けていく。そしてふと立ち止まって、満里奈の方を振り向いた。

「七時に千里！　木下も時間遵守ね！」

念押しをして彼女は足早に去っていった。

それを見届けてから、満里奈は助け舟を出した寿々に向き直った。寿々は矢口より三十分遅く上がったのにわざわざ来てくれたのだ。

「石井先輩、ありがとうございました」

「歯磨きしたくて通りかかったら、話し声が聞こえちゃって……なんとなく木下さんが困ってるっぽかったから、ああした方がいいかと思っただけ」

にこりと笑う寿々は可愛らしい。そう、彼女はなんだか可愛くなった。もともとふんわり系の顔立ちだったけれどプライベートが充実して幸せが滲み出ているのかも。

恋はこういう、人の良いところをよりよく助長するらしい。

いいなぁ、と素直に羨ましくなった。

「先輩、結婚式はしないんですか」

寿々が歯ブラシを口に入れようとしたところで言ったら、彼女はほんのり頬を染めた。

「な、なんで急に？」

「だって、プロポーズされたんだから、次は結婚式ですよね？」

「……うん、まぁ、する、けど」

さらに頬を赤らめた寿々を見て、ああ幸せなんだな、と思う。薬指に嵌められた指輪が、控えめだが綺麗だった。きっとこれは森の配慮だろう。仕事に影響しないように、ということだ。

「呼んでほしいです、結婚式」

「……そう、でも……」

寿々が考える素振りをした。その様子で森のことで満里奈を傷つけたと思って躊躇しているのがわかった。

「私もう、吹っ切れてますから！　確かに私って、仕事中も恋のことを考えるようなイマドキな若者ですが、叶わないものをずっと追いかけたりしないです」

家族から離れたくて、未熟なまま結婚に安易に飛びつこうとした自分を反省した。寿々を見習って仕事も頑張りたい。そう思うと、晴れやかな気持ちで明るい声が口から出た。

「それに、私ってば誤解されやすいですけど結構、中身は地味ですから。今までで一番頑張って積極的になった恋だったけれど、石井先輩でよかったたって、思ってます」

確かに傷つきはしたけれど、心のどこかで森の相手にはなれないとわかっていた。完全に振られたあの日、仙川がラーメンに付き合ってくれたりしたから傷の直りが早かったと感じている。

「私でも、森機長とお付き合いしていたら内緒にしますし。女のやっかみは、さっきの矢口の言葉を聞くだけで、面倒だって思いますもん」

精いっぱいの気持ちを言うと、寿々は微笑んで、ありがとう、と言った。

「両親にも挨拶終えて、私の誕生日に出会った場所、グアムで簡単な式と食事会をしようってことになったの。グアムだと旅費もかかるし、ほぼ自費になるから家族だけか、来れそうな親しい友人のみでしようと思ってて……」

海外で挙式をするなんて、女の子の夢すぎる。いいなぁ、参加したいなぁ、と思う気持ちが強くなったが、往復の旅費を思うとさすがに考えてしまう。

日本と物価も違うし、貯金が結構飛んでいく。

が、しかし今すぐ結婚するとか、そういうことはないのだから別に貯金が飛んでもいいか、と考えを改めた。

ただ、一人暮らしをする資金は減る。それでも、寿々の結婚式には行きたいし、その間はきっと変なことを考えず楽しいはずだ。

「私、結婚する予定もないですし、よかったら行きたいです！　貯金はありますから。海外にも行ったことないし！」

パスポートも作って、スーツケースも買って、洋服も買わなきゃ、と気分はもうグアムになってしまう。

「祝福してくれる？」

控えめにそう言った寿々は、なんとなく気後れをしているような表情だった。本当にもう吹っ切れているから遠慮なんてしなくていいのにと思い、励ますように彼女の手を取る。

「しますよ！　私、石井先輩も、森機長も好きですから」

この気持ちに嘘はない。

振られたあのころより心が軽くなり、恋に恋をしなくてもいいと思えるようになっている。きっと根気よく話を聞いてくれた仙川のおかげだ。

「ありがとう、招待状、用意するから」

微笑んだ寿々に、満里奈も笑みを向ける。

彼女とこういう風になれてよかった。変に拗れなくてよかった。

そう思いながら、一つ楽しみが増えた、と満里奈は心の中で嬉しさを噛み締める。

「実は私、そろそろ一人で暮らそうかと考えていて……でも、できれば安く家賃をあげたいのに、寮がなかなか空かないんですよね」

満里奈がため息交じりに言うと、寿々は明るい顔を向けた。

「そうなんだ。そうね、寮、なかなか空かないのよね。私も一人暮らししようって思った時に空いてなくて、結構探すの苦労したなぁ……」

そうなのか、と満里奈は肩を落とす。

「でも根気よく探せばきっといいところ見つかると思う。妥協しなきゃいけないこともあるかもしれないけど、頑張ってね」

「……そうですね。私、まぁ家族とはあまり仲が良いってわけじゃなくて、できれば早く家を出て行きたいんですよね。それもあって、早く結婚したいなぁ、って焦ってたんですけど。適当にそんなこと考えちゃダメですよね」

ははは、と笑って寿々に言うと、彼女は眉を下げて気遣わしげな表情になった。こんなことを話せば、こうなることは当たり前だ。満里奈は努めて明るい調子で続けた。

「だから、森機長のことは、そんな感じで考えてたところもあります。いろいろとすみませんでした」

言い切って頭をがばりと下げる。

「そうなんだ……話してくれてありがとう。一人暮らし、いいところ見つかればいいね。時間が合えば、私も一緒に不動産屋さん巡りしようか?」

「ありがとうございます！　時間が合ったらぜひ！」

二人で笑顔で話しながら職場に戻ると、あのう、と横から後輩の子に話しかけられた。

「どうしたの？」

「えっと、お客様がサイトを見て、エコノミーではなくスタークラスに変えたいとのことで……この場合どうするのでしたっけ？　一応席は押さえてみたのですが……」

タブレットを持って困った様子の後輩を見る。

「ああ、それはね……」

ふと、さっきまで話していた寿々を見ると、にこりと笑って肩をポン、と叩かれた。

「後輩に教えてあげて、木下さん」

そう言って寿々は搭乗案内プレートの方へと足を向けた。本来なら寿々が教えた方がいいと思うのだが、これは任されたと思っていいだろうか。

スタークラスというのは、エコノミー席の一つ上の席だが、ほんの少し座席が広い、プラス千円で用意できる席だ。

「押さえたのなら、席を変更するから、キャンセルカウンターにご案内して、チケットを確認してから、座席変更をパソコンでやって。そこで、千円を頂戴して、お会計を済ませてくれるかな？キャンセル案内の入力したことある？」

満里奈が聞くと、彼女はコクリと頷いた。

「したことあります！」

「じゃあ、一緒にするから、メモ取って覚えて。エコノミーが一席空くから、これもキャンセル待ちの人をご案内するようにしてね」

満里奈は後輩と連れ立って、キャンセルカウンターへと向かう。必ず一人常駐しており、満里奈の先輩にあたるグランドスタッフがいた。

「すみません、キャンセル案内の業務ですが、ちょっとだけこの子に教えながらやっていいですか?」

満里奈が聞くと、彼女はもちろん、と言って微笑んだ。

「木下さんも先輩になったのねー」

「からかわないでください。一応、一年間頑張ってますから」

少し照れも入りながら、後輩の子に業務を教える。満里奈も久しぶりにしたので、少し手間取ったが、きちんと教えることができた。

自分も本当に仕事ができるようになってきたのかな、と後輩に教えながら実感できた。

こういう時、仕事のやりがいを感じる。尊敬する寿々も、もしかしたら、同じだったのかもしれない。

恋愛に重きを置いているよりもずっといい、と満里奈は思った。

この気持ちを誰かに聞いてほしくなり、仙川のことを思い出す。

最近やりがいを感じているんです、と彼に話したかった。

☆　☆　☆

結婚式に来てほしい、と同期入社で誰よりも早く操縦席に座った男から言われた。

森石露は自分より一つ年下で、アメリカの大学在学中にダブルスクールでパイロットに必要な資格の全てを取得し、自社養成で数ヵ月の技術チェックをパスした優秀な男だ。

しかも大学もスキップで卒業しているし、勉強もできるという一つ頭が抜けている男。そんな彼と出会ったのは、当時のJSAの経営が芳しくなく、パイロット自社養成試験にパスしたにもかかわらず、一年半ほどグランドスタッフとして働いていた時だった。

同じ同期の男たちから、容姿もずば抜けているからか嫉妬を受けることも多かったが、自分はそんな馬鹿な気持ちにはならなかった。

それだけ努力している男で、たまたま容姿がいいだけ。入社してしばらく経って、そのまま言葉にして森に伝えたら、見たことがないほどの顔で笑った。

以来はずっと、なんだかんだ仲良くしているし、一緒にいて心地よい。

「行くよー。で、もう会場とか押さえたわけ？　どこでするつもり？」

「寿々と出会った場所、グアムでするつもりだ」

「おお！」

彼は海外で育っていて、確かグアムに父親が残した家を所有していたはず。彼の父親は航空エンジニアで、グアムで勤務していたと聞いている。

「他に誰が来るの？　仁田原さんは？」

「ああ、千八子も一緒に来てくれるらしい。自費になるが、仙川、いいか？」

「そんなの構わないよ。場所は？」

「ブルーアステールっていうチャペルを予約した。海が近くて、独立型チャペルで少人数制だから。教会も考えたが、レストランに移動するのもなんだし、同じ場所で結婚式のすぐあとに食事会をすることにした」

本当に結婚するんだなぁ、と真理はジッと同期の森の顔を見た。

自分もだが、森も三十半ばを超えている。慎重そうな森の性格を考えれば、それぐらいの年齢になるのかと思った。

海外に住む彼女がいたことは知っているが、やっぱり性格的に日本人だよなぁ、と思っていた。ストイックさもあり、努力家でもあるから、堅実なところで結婚するタイミングが今なのかもしれない。

「なんだ？」

「いやー、イイ男がやっと結婚するって思って。そうやって落ち着くのもいいな、と」

「仙川は？　誰かいないのか？」

クスッと笑った森に、真理は肩を竦める。

「俺、意外と草食で、女の子とコミュニケーション取るの苦手よ？　それに結婚となると、俺はいろんなこと考えるかなぁ。森以上に慎重になりそう」

真理は自分が好きになった人としか付き合いたくない。それは誰もがそうだろうが、女の子から告白されると大概が全く気にならない子ばかりで困ってしまうのだ。

だから好きだと思った人にはきちんと自分の気持ちを言うし、付き合いを深めていく。けれど、結婚まで考える人かといえば、今までそういう出会いはなかった。基本、恋愛方面は苦手意識があり、付き合った相手も五本の指で余る程度だ。

「知ってる。外見で損してるな、仙川は」

互いにブリーフィングという最終チェックを終え、休憩のため適当にコーヒーを飲みながら話している。たまにこうやって時間が一緒になる時は、軽く食事に行くことが多い。

だがそれも、もうできなくなるなぁ、と思いながら真理はコーヒーを一口飲む。

「もう、気楽に森を誘えないなぁ……これからご飯面倒な時どうしようか」

真理がそう言うと、森はクスッと笑った。

「寿々だって仕事がある。断ることがあるかもしれないが、気軽に誘ってくれ。俺も誘う」

イイ男はこういう受け答えもイイ。でも、もし反対の立場でも同じことを言うだろう。

「じゃあ、遠慮なくそうしようかな」

「ああ」

森が選んだ石井寿々は、グランドスタッフを長年やっていて、堅実に仕事をする良い子だ。スタッフへの気遣いも忘れず、何より大先輩で鬼教官だった仁田原義也が彼女を可愛がっていた。

背が低めで、目が大きな可愛い子。真理はずっと寿々を可愛いと思って見ていた。そして最近特にキレイになったなぁ、良いなぁ、声かけてみようかなぁなんて思っていたら、森と恋をしていたのだった。

「木下さんも、結婚式に来るらしい。寿々が言っていた」

満里奈が森に失恋したのはついこの間のことだ。面と向かって、はっきり振られたのだ。その様子を見ていた自分は彼女を追いかけ、話を聞いた。

満里奈と食事に行くようになったのはそれからだった。

「ああ、そう……あの子、話を聞くと恋に恋をしてた感じがわかるし、もう吹っ切れてる様子だし、いいんじゃない？　若いけど意外としっかりしてそうだ」

真理は満里奈が森のことは完全に吹っ切れているのを知っているので、特に意識せずに満里奈の話をした。

その様子に、へぇ、とにこりと片眉を上げて応えた森が、興味深げに真理へ視線を向けてくる。

「なんとなくだが、頻繁に木下さんと会ってそうな口ぶりだな」

森の言う通り、木下満里奈とは結構な回数会っていた。主に彼女からのＬＩＮＥで誘われ、会うことの方が多い。だがいまだかつて、真理の方から食事に行こうと切り出したことがない。それが満里奈にとって不満っぽいようだが。

しかし、満里奈のような子を自ら誘うのは、なんとなくできない。若い子だし、年が離れすぎている自分でよいのかどうか。

満里奈のことは何とも思っていないわけではない。嫌ならもっと早くに断っていた。あれほど何度も食事を一緒にしているのだ。若々しさに眩しさを感じながら、それなりに楽しい時間を過ごすのは心地よかった。

向こうもきっと、年上の兄くらいにしか思っていないはずだ。でなければ、あそこまでぶっちゃけた話を異性と認識している男にするわけがない。

だから、彼女が不満そうにしていても、これくらいの距離がいいと考えるわけだ。

「そうだねぇ……連絡が来て、まぁ……誘われるまま食事してるな。頻繁ってわけではないけど……もう何回も二人でご飯、って感じだな」

やはり、何度考えても、今年二十三と言っていた彼女をオジサンである真理が誘うのは気が引ける。彼女には若い同年代の友達との付き合いも大切にしてもらいたい。

「話を聞いてほしいみたいでね。まぁ、聞く分には別に支障ないし、俺も特定の彼女がいるわけじゃないからね」

「木下さんが良い子なのはわかる。寿々が木下さんのことを話題にするから。最近自覚が出てきて、仕事を任せることができるって言ってたな」

「そっか。まぁでも、……妹とか、むしろ自分の娘っぽい感じだよね、あれだけ若いと」

真理としては、決して妹や娘という気持ちではないが、本音と建前という感じで、つい森には答えてしまう。

しかし真理の言葉にただ苦笑いを見せる森に、こいつ俺の言うこと信じてないな、と思った。

「娘はないだろう?」

何言ってるんだ、というような顔で言った森に、いやいや、と思った。娘は言いすぎだが、しかし、と口にする。

「いやー……声もこう、高くて、若さ溢れてて、肌とかピッチピチ。もう、別次元。女の子同士のトークを赤裸々に聞かされて、可愛い小娘っていうのかなぁ」

この前処女だと言っていたアレにはびっくりした。それと同時に、ドキッとしてしまったのも事実だ。あれほど美人で笑顔が可愛くて、モテるのは間違いないのに、身持ちが固いのは意外だった。同時にこの子の最初の男はどんな男になるのだろうかと思ってしまう。

家庭環境が若干複雑だし、家を出たくて早く結婚したいという事情にはあの年ごろの女性独特の弱さも見えた。

だが、最近の満里奈は仕事を頑張りたいようだ。その心境の変化は失恋もきっかけだっただろうが、それよりも自分自身で変わろうとしている姿は、好ましく思えた。

だから、話を聞いてすっきりするなら、それくらいのことはやってあげたい。それもあって真理は、誘われたら会うことにしているのだ。

「そう言ったって、一人の成人女性だ」

こちらを見ながらコーヒーを飲む森に、真理は笑ってため息をついた。

「何言ってるんだよ」

なんとなく、満里奈を一人の女性として見るようになった自分を見透かされた気がした。

「どうせ、仙川のことだから、自分から誘ってはいないんだろう？　それって、男としてどうかと思う」

図星を指され口を噤む。

「木下さんを誘ってどうするんだよ？　こっちはその気もないのに。そのうち、どうせ誘ってこなくなるよ」

真理が投げやりに言うと、ははっ！　と森が笑った。

「その気もないのに、何度も誘われて食事をしてるなんて、仙川にしては珍しいことこの上ないが。いい大人が、あまり自分に嘘をつくと良いことないぞ？」

瞬きをして森を見ると、その目が笑って真理を見ていた。

「……何言ってるんだよ、嘘なんかついてないけどなぁ」

何言ってるんだ、という言葉を使うのが今日で二度目だということに真理は気づかなかった。

「嘘か嘘じゃないかはどうでもいい。けど、本当に、らしくないな、仙川。木下さん、ちょっと仙川と似たところがある。日本人っぽくない顔立ち、美人で背もそこそこ高い。彼女も男が好きそうな感じに見えるが、実際はそうじゃないと俺は思ってる。誤解されそうだよな、彼女は。仙川もそうじゃないか？　女好きで、ずっと女が切れたことないって、周りには思われているがそうじゃないだろう？」

森は人を見る目があるとは常々思っているが、確かに、満里奈のことを語る森の言葉は、的を射ていた。

この前彼女は、自分は男と手を繋いだこともないと言っていた。

それは、彼女がそれだけ慎重になっているからだ。自分の容姿だけで寄ってくる男ではない誰かを待っているからだろう。

それは、真理も一緒で、ニコニコして寄ってくる女の子たちを、すぐには領域に入れたくない。似た者同士と言われればそうかもしれないが、しかし、とにかく、満里奈は真理にとって若くて輝きすぎているのだ。

草食な自分には、もったいない女の子である。

「森の言う通り、外見で誤解されてるみたいだ。気持ちはわかるかな」

何言ってるんだよ、という言葉を二度繰り返して言ったことも気づかなかったが、この時森はわかっていたのだろう。ただ彼は、コーヒーを飲み干し、一言だけ言った。

「そうか」

言葉が少なくてぶっきらぼうな感じがするが、そこが真理には心地よい。真理が軽口を言っても、こちらを理解しているから、許してくれるというか、わかってくれている感じが楽だ。

「でも……そうだね、森の言う通り、今度は俺から木下さんを誘ってみるよ。女の子が何度もそうするのに、男がしないのは気のない証拠とは言っても、失礼かもしれないからさ」

明るい声でさらっと言うと、森がクスッと笑った。

「本当か？　言ったことは実行しろよ？」

「実行するよ、きちんとする」

本当か？　と、もう一度問うような目線を彼は送ってくる。あまり信用されてないようだ。

「仙川、自分が好きだと思う女は、年齢も何も余計なことを気にせず摑まないと後悔するぞ」

そう言って、彼は真理の背中をバンと叩いた。

結婚はしないと思っている。今この瞬間もそう思っている。

けれど、なんだかそれは違う気がするよ、ともう一人の自分が言っているような気がして。とりあえず、あまり先のことは考えないようにする。

真理もコーヒーを飲み干し、コートを手に取った。

「帰ろうか、森。石井さん待ってるんじゃない?」

「今日は昼までの勤務だったから、家にいるかもな。……仙川が寿々のこと気に入ってたっていうのは本当だってわかってるが、お前が慎重な性格でラッキーだった。声かけて付き合ってなくてよかった」

森の言葉にただ笑う。慎重で草食系の男だからこそいろいろ考えたのだ。

どうやって声をかけるかなぁ、きっかけってなかなかない、と思っていたら、すでに寿々と森は劇的な出会いをしていたというわけだ。

「俺の性格に感謝してるんならいいよ。まぁ、どうせ縁がなかったんでしょ」

フッと笑いながらパイロットケースに手をかける。

「森は結婚決まって悟ったよね。俺よりヤリチンだと思うんだけど」

真理の言葉に、森は片眉を上げた。

「はぁ? 何気に失礼なこと言ったな、お前。なんでそんな話になる」

低くなった森の声に怒っているのはわかっているが、この前、どうにもこうにも不本意なことを言われたので、説明する。

「木下さん俺のこと、ヤリチン野郎って思ってて。そんなに遊んでないし、むしろソッチは自信がない方なのにさぁ」

「だからって俺のことを、そうやってディスるな」

後頭部を叩かれ、真理は肩を竦めた。

「痛いなぁ」

「そんなに強く叩いてないだろ？」

後頭部をさすりながら、真理は満里奈のことを考えていた。

良い子だけど、好みというわけでもなく、若すぎるし、いかにも今どきの女の子すぎるし。

彼女を選ばない理由を挙げれば、こんなところだ。

キレイだけど、スタイルよさそうだけど、もし間違って男女の関係になったら、切り離せなくなるのではないだろうか。

「あ、しまったー……今日飲み会に誘われてるんだった……飲み会という名の合コン的なやつ。遊佐が無理やり誘われて可哀想だったからさ」

頭を抱えると隣にいた森が苦笑い。

「たまにははっきり断ったらどうだ？」

「これでも断ってるんだけどねー……俺の返事が曖昧に聞こえるのかなぁ……」

大きなため息をつくと、森は真理の肩を軽く二回叩き、じゃあ、と言った。

「お先に」

「んー、お疲れ」

森に手を振りながら、気乗りしない合コンを思って、安易に行くよと言うもんじゃないな、と肩を落とした。

4

約束のお店までやってきた満里奈は、百合に連絡を入れようとスマホを取り出した。

合コンなんてやめようと思ったのに、結局行くことになってしまい、ものすごく行きたくない気持ちになっている。

どうせ、好きな人もいないし、行ったって何にもならなそう。

LINEで百合に連絡をすると、もう中にいると返事された。今日は十二人来るらしいとのことで、なんでそんなに大人数、とげんなりする。

きっと誘った人がまた誘って、という具合になったのだろう。百合は可愛いから男集めのために人数に加えられたに違いない。

矢口にどんなメンツが来るのか聞いたら、パイロット、CA、GS(グランドスタッフ)、整備士、貨物スタッフと様々でJSA社員の単なる飲み会みたいだと思った。

案内されて部屋の中に入ると、もうすでに七人来ており、百合が早速という感じで手招きする。

彼女の隣にはなぜか例のイケメン副操縦士、遊佐がいた。

「渋々だったんだけど、まりちゃんが来るっていうから。まりちゃんも無理に誘われたんだって?」

「それ誰から聞いたの？」

「あそこのグランドスタッフの子」

視線を送ると、矢口ととても仲の良い、川口というグランドスタッフがいた。彼女のことはなんとなく苦手で、満里奈はいつも避けていた。

「……私、百合が来るからって言われたんだよ？」

「私はまりちゃんが来るからって言われた……なんか騙されたね……今日は食べて飲んでさっさと帰ろうよ」

いい加減なことを言う矢口に、再びモヤモヤが込み上げてくる。

「本当ね！　さっさと帰ろ！」

二人で頷き合うと、百合の隣に座っていたイケメン副操縦士がクスッと笑った。

「本当に倉橋さんと木下さんって仲が良いんだね」

遊佐は優しげな雰囲気のイケメンだ。眼鏡をかけているからか、最近は眼鏡王子と呼ばれている。

「だから仲が良いって言ったじゃないですか。確かに職種は違うけど、高校からの友達なんですよ？」

百合がにこりと笑って遊佐に説明する。彼女は遊佐と面識があるらしく、しかもなんだか仲が良すぎる、と満里奈は首を捻る。

百合と満里奈は仕事の時間帯も何もかも合わないから、休みが一緒になったりすることも少なく、ここ二ヵ月ほどあまり連絡を取り合っていなかった。

「仲良いね、遊佐副操縦士と」

満里奈が言うと、ああ、と百合が微笑む。

「一ヵ月くらい前、整備のことでちょっと質問されて……それから少し話すようになっただけだよ？　遊佐さん話しやすいし」

百合からきっかけを説明されると、隣で遊佐がにこりと笑った。どちらかというと森石路寄りの顔立ちだが、感じがだいぶ違う。

遊佐と話しているのを見て、なんだかんだ百合も恋をしそうな人が近くにいるんだと、羨ましくなった。

満里奈なんてこの前失恋したというのに。あれは納得のいく失恋でもあったから、別にいいのだが。

森に近い雰囲気が多少あるとはいえ、遊佐を見てもときめくこともない。いったい自分の心はどうしてしまったのかと思うほど、今集まっている男性陣を見ても心が動かない。

「あ、意外と集まってるなぁ」

この間延びしたような話し方はもしや、と思って後ろを振り返ると、仙川が部屋に入ってくるところだった。

知らず嬉しくなって頬が緩んでしまい、慌てて笑顔を引っ込める。

「マリーもいたんだ？」

ちょっとここでマリーと呼ばないでほしい。そう思ってバツの悪い顔をすると、仙川は全く気づかないようで、何度か瞬きをした。しかし瞬時に周りの女子たちは反応し、満里奈が視線を上げた時には何か微妙な雰囲気だった。

「なんでいるの？　もう合コンやめるって言ってなかった？」

近くに寄ってきた仙川に小さな声で言われ、先ほどまでの会えて嬉しい気持ちがちょっと引っ込み、いつもの満里奈が出てきてしまう。

「そっちこそ、こういうの苦手っぽく言ってませんでした？」

満里奈もコソコソと言ったのだが、大体は聞き取れているだろう。ハッと気づくと、矢口や矢口と仲が良い同期たちがジッと満里奈と仙川を見ていた。

特に矢口と仲が良い川口は、満里奈と仙川が親しく話していることに、不満そうな表情をしていた。

マリーなんて名前で呼ぶから、と満里奈はとりあえず目の前にある水を一口飲む。

仙川も視線に気づき、小さく息を吐き、目を逸らした。だが、その仙川が満里奈の左隣に座るからまたさらに、微妙な空気になってしまう。

「仙川さん、なんで私の隣に？」

「なんとなくだよ。ダメだった？　もうなんか注目されているし、いいんじゃない？」

気にもしないようにさらりと言うが、内心、ダメに決まってるでしょ、と眉間に皺を寄せる。

大体、仙川を狙っている女子もたくさんいるのだ。なのに隣の女と親しく話していたら、まるで独り占めしているように見えるだろう。

付き合ってもいないのに、彼女面するな、と同期の目が言っているようだ。

「仙川さんはイケメンパイロットで、みんな狙ってるんですから私の隣じゃなくても……」

再度コソコソと言った。対し、はいはい、と仙川は頷きながら小さな声で返事をする。

「そういう君だって狙われてるだろうに、美人なお姫様」

狭い部屋だからか、肩が当たるし、いつも以上に彼の声も耳の近くで届く。息遣いさえ聞こえそうな柔らかい彼の声に、満里奈はドキドキした。

顔をちょっと上げると、目の前に整った顔があり、喉仏のある首のラインが男の人だと感じさせる。

「わ、私は狙われても、身持ち固いですから」

目を逸らしてから、そういう仙川の男らしさを意識していることがなんだか変だと思った。

「あ、それ同じくね」

彼の声が良い感じで耳を擽る。満里奈はざわめく心を瞬きをして耐えた。

クスッと笑った彼はおしぼりを袋から出し、手を拭いた。満里奈のこういう気持ちなど、考えもしないだろう。

そろそろ料理頼みますか、と誰かが言ったところで、残りの参加者が集団で来て飲み物と適当な料理を注文する声が飛び交う。

どうせ電車だから、と満里奈はカシスオレンジを頼み、百合はビールを頼んだ。遊佐はウーロン茶で、あまりお酒が飲めないらしい。

そして仙川も遊佐と同じくウーロン茶で、そういえば彼がアルコールを飲んだところは見たことがないな、と思った。

「仙川さんって、飲まないですよね？」

「ああ、飲む時は飲むけど、今日はちょっと疲れてて、酔いが回りそうなんだよ。今回、四日間国内線だったからさ。いつもより一日勤務が多くなってね。でも通常通り、二日休みの翌日インターバル。やっと休めるなぁ」

遊佐が百合の隣で、ああ、と相槌を打つ。

「坂野(さかの)機長の代理でしょう？　風邪で急に休みましたもんね」

「そうなんだよ。坂野さん娘さんに風邪うつされたみたいで、結構高熱らしいからしょうがないよね」

仙川は休みのパイロットのサポートに入ったらしい。思ったより勤務が長引いたのなら、疲労も溜まるだろう。

それにしても二日間休みなんだ、いいなぁ、と満里奈は思った。今日の飲み会は明日が休みだからよかったものの、そうでなかったら絶対参加しないところだった。

「百合は明日休み？」

「休みじゃなかったら参加しないよ！　まりちゃんも休み？」

「そう、休み。お腹空いたから、たくさん食べたいね」

もしかしたら明日休み組に声をかけたのかな、と矢口に視線を移すと、こちらをちらちら窺いながら川口と話していた。

しまったなぁ、と思い仙川に小さく声をかける。

「仙川さんあっちに移動してくださいよ」

「なんで？」

なんでってイケメンがこちらに集中していると、彼らを狙っている女子たちに睨まれそうな気がするからだ。

いや、もうすでに睨まれてるよ、と満里奈は内心ため息だ。

「イケメンがここにこんなに固まってると、私困りますよ」

「……別にどこでもいいんじゃない？　俺はさぁ、食べてお腹いっぱいになったらそれでいいから」

本人はそれでいいだろうけど、と心の中でつぶやき、ふと彼の耳が視線の端に入った。形の良い左の耳朶に、二つピアスの痕を見つける。

「ピアスの痕がある……」

満里奈がつぶやくと、それに気づいた彼が左の耳朶に触った。

「ああ、大学のころピアスしてたんだよ。もう全くしてないけど、痕が残っちゃって。やっぱりわかる？」

チャラい、と思うと同時に、彼がピアスをつけているのを似合いそうだと、想像した。仙川はいたずらっぽい表情で口を開く。

「今、チャラそうって思ったでしょ？」

満里奈は図星を突かれたが、目線を外して、もう一つの本音を言う。

「似合いそうだな、とも思いましたよ。どんなのつけてたんですか、小さいの？　それとも、フープタイプ？」

雰囲気的に似合いそうなものを言ったが、仙川は苦笑して答えた。

「いや、小さいの二つ。あんまり目立つのつけたことないなぁ。ピアスの穴開けたのも、友達が開けてやる、って言ったからだし。ずっと同じのをつけっ放しにしてた」

つけっ放しとは意外だ。また視線を感じる。チラチラとこちらを見ている女性陣の鋭い視線がやっぱり気になる。

「ねぇ、まりちゃん、ちょっとバラけた方がいいよね？　遊佐さんと仙川さんと一緒だったら、なんか反感買いそうなんだけど」

「だよね？」

百合も同じことを考えていたらしく、こそこそと二人で頷き合う。二人で席移動をするために、バッグを持ち上げた。一応断っておこう、と仙川に声をかける。

「私たちちょっと向こうに行きますから」

「どうして？」

どうして、なんて聞かないでほしい。イケメンの隣にいると面倒なことに巻き込まれそうなのよ、と思いながら声を潜めて仙川に言う。

「仙川さんの隣にいると、女子の視線が痛いんですよ！」

きっとそのうち、彼の隣や前には、狙っている女子が来るに決まっている。

年が十四歳離れているとはいえ、やはり誰が見ても仙川はイイ男だった。むしろ、それだけ年上なのに、とても若く見えるし、肌もキレイ。二十代と言っても通じそうだ。

「ああ、うん……でも、あまり知らない女の子が隣に来るのは苦手だからさ……このままいてくれない？　こう見えても俺、人見知りするんだよね」

仙川もまた声を潜めて話す。何それ、と心の中で口を尖らせる。そんな困った顔を見せられると決心が鈍りそうだ。

「仙川機長、失礼しまーす」

そこへ案の定、という風に矢口が人の隙間をぬって強引に現れて、満里奈のそばに来た。満里奈がとりあえず一つ席を開けてやると、すかさず入り込んできた。

満里奈の同期のメンバーの子も遊佐の隣に入ってきている。もちろん彼らを狙っているのは知っていたが、わかりやすいな、と思った。

しかし、満里奈もこの前まではこんな調子だったことを思えば、人のことを言えないしそっとしておこうと思う。

「仙川機長、飲まないんですかぁ？」

「……ああ、うん、今日は疲れてるから酔いが回りそうで」

「えー？　酔ったところ見てみたい」

うふふ、と笑う矢口に、仙川がただ微笑んでみせる。

グイグイ行ってるなぁ、と矢口を見ながら、かつて自分も森の前ではああだったな、と満里奈は反省した。さぞかしうざかったに違いない。猛省である。

遊佐もまた他の同期の子にグイグイ来られて、なんとなく迷惑していそうだ。

そのポジションにいた満里奈は、反省しつつも恥ずかしい思いでいっぱいだ。もはやため息をつくしかない。しかし、イケメンパイロット二人の隣を陣取った女の子たちは、頬を染めているように見え、嬉しそうだ。

「まりちゃん、どうしたの?」

うなだれる満里奈を見て、百合が心配そうに覗き込んできた。

「こっちのこと！　それより、百合は遊佐さんと仲がいいってことは……」

気を取り直し、逆に質問を返すと、百合が少し顔を赤くして、全否定する。

「そんなことないない！　私も整備士になってまだやっと一年だし、これからもっと頑張って、一等航空整備士になりたいと思ってるから。恋愛とかなしだよ」

そう言ってビールをチビチビ飲む百合は可愛いと思う。でも少なからずそういうシチュがあるんだろうな、と満里奈は少し羨ましく思った。

そういうシチュは、仙川とはあるような気がするけど。そのきっかけは全て満里奈が仙川を誘うからあるのであって、彼からのアクションは全くない。

それを思い出したせいか、女の子たちと話しているのを見ていると、モヤモヤ、イライラ。まるで生理前みたいだ。

こんなことを気にする間柄ではないが、なんとなく仙川に不満を覚えるのは、満里奈が女だからだろう。

こういう時、女の変な感情が出てくるなんて。メッチャ、あーっ！ と叫びたくなってくる。

「木下さん、ですよね？」

自分の中の面倒くさい感情に振り回されている時に、テーブルの向かいに座っていた男に話しかけられた。人好きのしそうな甘い顔立ちで、満里奈をニコニコしながら見つめる。

「俺、ＣＡの横田(よこた)です。時々、顔合わせますよね？」

「ああ、ですね！」

名前まで知らなかったが、ＣＡの男性は少ないからもちろん見覚えくらいはある。ＪＳＡは国内のどこの会社よりも早く男性ＣＡを取り入れた先進的な航空会社だ。やはり男性はＣＡのなり手は少ないが、女性よりも背が高く、力もあるから一人いたら助かる、という声もある。

「話してみたかったんですよね、ずっと」

「そう、ですか？」

木下目当ての人も来る、と矢口が言っていたが、それがこの彼なのだろうか。満里奈は仕事の時のように営業スマイルを作りながら対応することにした。

が、もちろん内心では目の前の横田という男には全く興味を持てない。

むしろ、隣の矢口と話す仙川の方が気になってしまう。人見知りと言いながら、きちんと話せているじゃない、と変なツッコミをする。

「いつも、綺麗で可愛いな、と思ってずっと見てて」

ずっと、という言葉が引っかかり、満里奈は変な汗をかきそうになる。全く気づいていなかった。

「……ありがとうございます」

正直、満里奈は自覚している。モテないことはない、と。容姿は割と優秀なのを、自分で鏡を毎日見ているから知っているし、別に磨いたわけでもないが、肌も健康で綺麗な方だ。

だからといって、それに酔いしれているわけではない。自分の容姿をもってしても、好きな人に好きになってもらえなかった。

むしろ顔は良いんだから、彼氏がいないのが変だと親さえ言う。でも、恋愛は顔だけではないのだ。確かに見た目が良ければ出会いは多くなるかもしれないが、チヤホヤされたいわけではない。好きな人にきちんと満里奈だけを好きになってくれないと意味がない。

「今日、来るって聞いて楽しみにしていて」

矢口が言ったのだろう。もしかしたら数日前から、満里奈が合コンに来るということを言いふらしていたのかもしれない。

しかし、楽しみって何だ、と冷たいながらも思ってしまう。今は目の前の仕事を頑張っていこうと思っている最中だ。

本当の恋に会うまでは、一緒にいて心地いい人が見つかるまでは、仕事を頑張りたい。

「木下さん、彼氏いるんですか?」

そういうことはもう今はあまり聞かれたくないというか、話したくない。今は百合と話したいと思ってしまう。

「さぁ……どう、なんでしょう、ね？」

あはは、と笑って答えると、それを見ていた隣にいる矢口が声を上げる。

「あ、そういえば、木下ってこの前まで森機長に熱上げてたよねー？」

矢口に不意に話しかけられ、今なぜそれを言いふらすようなことをするのかと、むっとしてしまった。

「えっと……そう、だね」

今この場で言うことか？　と思うが、もう矢口は言ってしまっているのだから仕方ない。

「まあ、昔はね。でも今は仕事頑張りたいから、そういうのはいいの」

ここは穏便に済ませることで、面倒なことにならないようにしたい。しかし、矢口の口は止まらなかった。

「遠慮がちに答えちゃって。美人の木下が本気だったっていうのに、見向きもされてなかったよね？それどころか、大好きな石井先輩が持っていっちゃって、悲しかったでしょ？」

何を急にそんなことを言うのか、と満里奈は眉間に皺を寄せた。

「でも、石井先輩も人が悪いよね？　付き合ってるのに黙ってて、木下が森機長に熱上げてるの見てほくそ笑んでたと思うよ？　頑張ってたのを横目で見て、きっとバカにしてたんだろうね？」

矢口は石井寿々と仲が良いわけでもないし、仕事を教えてもらっても不機嫌そうに、なんだか厳しかったと言うだけだった。

確かに寿々は時には厳しく注意することがあったが、基本面倒見がよくて、頼りがいのある先輩だ。それに、満里奈が頑張って森を落とそうとしていたことを、ほくそ笑んで見ていたわけではない。

彼女は満里奈のことを考えて謝ってくれた。それに、周囲に森との付き合いを黙っていたのは、矢口のように吹聴する人が出てくるからだろう。

きちんと付き合っているのに変なことを言われたくないのは、誰だってそうだ。

ただ、以前の満里奈だと矢口と同じように言っていたかもしれない。もちろん言葉には気をつけていたが、森への恋心を持っていた時は、気がつかず言葉にしていただろう。

しかし、そのダメージは言われる方に回ったらよくわかることだ。それにすでに寿々とは話し合って、わだかまりも何もない。

なのに今、森への気持ちがあったことをバラす必要はないし、寿々との仲だって想像だけでいろいろ言ってほしくない。

第一、当事者でもないのにあんまりだ。

「ねぇ、矢口、なんで急にそんなこと話しだすの？」

「あ、ごめん、恥ずかしかった？　でも、事実だし、石井先輩が悪いのもあるからつい、ね」

恥ずかしいとかそういう問題じゃない。こういう場所で、無神経と思う。

一度口を開くと、堪えていた感情が決壊してしまった。気づくと満里奈は矢口に向かって思いの丈を吐き出していた。

「確かに私は森機長のことが好きだったし、事実だから話されても恥ずかしくない。みっともないほど追いかけてたのも自覚してるし、私は別にいい。だけど！　どうして石井先輩のことを悪く言うわけ？」

自分はいいとしても、この場にいない寿々のことを持ち出すのは卑怯だと思う。

「矢口が今言ったみたいなことを、石井先輩は言われたくなかったから隠していたのであって！　だから、石井先輩の気持ちがわかる！　悪く言うなんて変でしょ？　オカシイでしょ？　それに私は石井先輩のことを尊敬しているし、好きなんだから！　変なこと言わないで‼」

少し、いやかなり大きな声を出してしまった。だからなのか、あたりはシン、と静まり返っていた。

つい言い散らかし、やらかしてしまった。

「まりちゃん……」

心配そうに百合が声をかけてきたが、ただ瞬きをして答えた。

「あ、ちょっと、トイレ、に」

満里奈はバッグと上着を持って、部屋を出た。

もうご飯を食べる気分ではないし、このままいなくなった方がいい。

トイレ近くの廊下まで歩き、少ししたら戻るか帰るか、と自問自答する。というか、バッグと上着を持って部屋を出た時点で、帰る前提だったが。

「っていうか戻れない……ああ、もう、百合にメッセージ送っておこう。ここのご飯代払ってもら

って……いかん、百合を呼び出そう」

　こんなに場を乱したのは初めてだが、言ったことに後悔はない。

　しばらく逡巡していると百合が来た。何も言わず困ったように見てくる。

「……大丈夫？」

「大丈夫……あれは……言わずにはいられなくて」

「悪いことを悪いって言えるのはまりちゃんの良いところだから。私は良かったって思うよ！　矢口さんの、あの言い方ないと思うし！　あとのことは、もういいからね。何とかやっとくから」

　満里奈は一つため息をつく。

　失恋があったからこそ、人に文句ばかりで、自分のやりたい放題に動くのはダメだとわかった。

最初からなんとなく失恋するのはわかっていた。だけど、いつも自分に言い聞かせてきたのだ。

何の資格も持っていなくて、良いところに就職できただけ。将来のことを考えるなら、結婚した方がいいし、そうなると相手はパイロットがいい、と呪文のように心の中でつぶやいていた。

だからちょっと前の満里奈は、矢口とつるむようになった。

　しかし今は違うし、それを百合もわかってくれている。

「ありがとう、百合。……もう、あの空気の中に帰れる気がしないから、帰るね。会費四千円だったよね？　払っておいてくれるかな？」

　満里奈が四千円を差し出すと、百合はにこりと笑った。

「うん、わかった。気をつけて帰ってね！　……家の人と最近うまくやってる？　悩んでたみたいだし……また泊まりに来てもいいし、何なら今日、先に帰ってても……」

百合とは高校のころからの友達だ。だから、満里奈の家族がステップファミリーなのはわかっているし、実は満里奈が家族とそこまで仲良くできていないのも知っている。

「大丈夫。家族のこと、すごく嫌いってわけじゃないし、うまくいってないだけ。とにかく結婚に逃げるんじゃなくて、家を早く出るように努力するから」

満里奈が微笑むと、百合は心配そうな顔をしたが、すぐに微笑んだ。

「わかった、じゃあ、私ももう少ししたら抜けることにする」

「先に帰ってごめんね」

「一人で大丈夫？」

「大丈夫よ。まだ電車は動いてる時間だもん」

百合は頷き、気をつけてね、と言った。満里奈はお礼を言って、彼女に背を向ける。

もうさっさと帰ろう。そして、家に着いたらご飯を食べようかと思う。この合コンでは全く食べられなかったから。

次はこんな風に感情的にならないよう努力しなくては、と満里奈はうなだれながら店を出た。

5

――心のどこかで、こんなにキレイで若い子にご飯に誘われるということが、とても心地よかった。

きっかけは彼女の失恋で、ただ話をするだけの時間。楽しいというか、十四も年下の子の話を聞くのも面白かった。

街中を彼女と歩いていると、今の子スゲー可愛い、とか、うわー美人、と言う男たちがいた。その言葉を聞いて、改めて木下満里奈を見ると、確かに若々しく色白で、肌の張り艶も良い、美しい女だと認識する。

何度も満里奈と食事をする間柄になり、彼女の明るい人柄とは裏腹な複雑な家庭環境を知る。結婚したい理由も聞き、意外と苦労性だし自分のこともわかっていて、彼女の見た目だけでないしっかりした部分も垣間見ることができた。

人間関係は苦手だ。顔とか地位とか、職業とかで寄ってくる人はもっと苦手だ。

そんな自分が心を傾けすぎたら、ただ、焦燥が残るだけではないだろうか。きっと、あの時踏みとどまればよかったと後悔するだろう。

そもそも駆け引きめいた関係は苦手だ。誘って断られるのも嫌いだった。

だが、いつも木下満里奈から誘われてばかりいるのは、森から言われた通り、さすがに男としてどうかと思うという意見に、そうだなと頷くしかなかった。

だから、今度の仕事が終わったら満里奈を自分から誘おうと思っていた。ご飯を食べるのが好きな子だから、洒落た店でもいいいし、そうじゃなくても美味しいところであればいいと考えていた。

気乗りしない飲み会と称する合コンの場所に行くと、満里奈がいた。まさかいるとは思わなかった。もう行かないと言っていたのに。ほんの少し心に棘が生じる。

満里奈と話ができたのは一瞬で、すぐに彼女を押し退けてまるで興味を持てない女の子たちが自分の隣に座ることになり、内心ため息をついてしまう。

パイロットという職業だからって、こんな四十近いオッサンの何がいいのか。そう思いながら真理は女の子たちと適当に話をした。

視線を移すと、満里奈はテーブルを挟んで向こう側の男と話していた。内容を聞き取れないが、男の表情から、満里奈を気に入っているのが見て取れる。

彼はＣＡだ。男のＣＡは少ないから自然と顔も名前も覚えていた。横田という名前だったはずだ、と彼にさりげなく目をやる。

割と背も高く、細身で優しい顔立ちをしており、女性のＣＡにも客にも人気だった。

そして満里奈もまた、男性スタッフや客に人気があるのも知っていた。知っているが、なんだかあまり話さないでほしいという気持ちが湧いてくる。

なんだこの感情は、と思っていると満里奈に同期の子がからかうように嫌味を言った。聞いていて引くような内容だった。

それは言いすぎだろう、と真理が口を挟むタイミングに迷っているうちに、満里奈が早々にブチギレをかました。

キレた満里奈には驚いた。だがそんな彼女を見て、クスッと笑ってしまった。あそこまでストレートに非難して、堂々と自分の考えを言える彼女に、爽快感を覚える。

すぐさま冷静さを取り戻した満里奈は席を立った。そこで改めて横に割り込んできた満里奈の同期の子をまじまじと見る。満里奈に言われても平然と肩を竦めているだけだった。

容姿は可愛いがちょっと性格が歪んでないか、と真理の中では悪印象しかない。人前でしかもその場にいない人の悪口と嫌味を平気で言える神経がすごいと思った。

「キレて出て行ったけど……木下さんって、はっきりした性格っていうか」

あっけに取られていた遊佐が真理にそう言った。返答に迷っていると、そうですよね、と先に返事をされた。

先ほど満里奈にキレられた同期の彼女だ。意外と図太いらしい。

「遊佐さんは、ああいう木下みたいな女の子が好みですか？」

可愛く微笑んでみせているようだが、きっと遊佐には響かないぞ、と真理は飲み物を手に取った。

遊佐は森のようなぶっきらぼうな話し方はしないが、性格はストイックだ。

真面目だし、仕事はできるし、穏やかで向上心もある。顔が良くて背も高くモテるが、本人は至って恋愛には積極的ではない。

「いえ、ただ客観的に見て美人で物怖じしない人だなと思うだけです。話し方もしっかりしているし、好感持てる人ですよね。そう思いませんか？　仙川さん」

遊佐の言い方や表情を見るに、満里奈のことは何とも思っていないのがわかる。だが、こういう、満里奈をほめる男にはモヤッとするのだ。

「確かにそうだよね」

真理がそう言ったところで、隣にいる女が口を挟んできた。

「でも、木下には好きな人いますからね。今でも未練たらたらで。その好きな人、今度私たちの先輩と結婚するんですよ。略奪しちゃえば、って言ってみたら、まんざらでもなかったっていうか」

クスクス笑いながらそう言う女の表情は、今までも見たことがある。こういう顔をしている時は、妬ましく思っている時だ。

満里奈が言っていた略奪云々とは、この子のことかとげんなりした気持ちになった。真理は満里奈が友達を選ぶようになって正解だと思った。

「それって森と石井さんのことでしょ？　木下さんが失恋を決定的にした時一緒にいたから経緯を知ってるけど、木下さんは略奪なんて考えてなかったし、さっきの言動から今もそうだと思う。まんざらでもなかったなんて嘘つかない方がいいと思いますよ？　嘘をつくと、その分自分に返ってくるから」

そう言ってから真理がウーロン茶を飲むと、彼女は小首を傾げながらにこりと微笑んだ。

「私、嘘ついてませんけど？　だってあの木下さんですよ？　そういうこと考えてもおかしくないって思いませんか？」

なかなかめげない強気な性格らしい。

「そうやって、人の悪口言うところが信用ならないってことだよ」

さすがに聞き捨てならず硬い口調で告げる。

「当事者がいないからって好き勝手言ってたら、周りの信頼関係も崩れるし、そういうことを言う人だって認識される。気をつけるようにしないとね」

さらに言い募って最後ににこりと笑みを向けると、彼女も可愛らしい笑顔を見せた。

「気をつけますね」

「そうだね」

満里奈が悪く言われるのは気分が悪い。彼女は自分の感情に素直だ。誤魔化したり嘘をつくことなく、思っていることをはっきり口にする。

普通なら大勢がいる場で、あれだけの正義感を出すことは躊躇うところ。でも、満里奈はそうではなかった。

年齢を重ねると余計に悪いことは悪いと、声を大きくして言えなくなってくる。だが、きっと満里奈ならばずっと今のままだろう。

尊敬する先輩の悪口を見過ごせず、正々堂々と面と向かって抗議できる。満里奈のそういうところが真理の中にストン、と落ちてきた。

正論をきちんと言える潔さ、清々しさが好ましい。

だから、自分も素直になろうと、真理は思った。

最初から惹かれていたのに、年齢を気にして、物わかりの良い大人のふりをしていた。難しく考え、ずっと受け身のまま、彼女からの誘いを断らずにいるだけで満足していた。そんな真理こそ自分に嘘をついていたように思える。

ふと視線を移すと、満里奈が百合と呼んでいた彼女が立ち上がって追いかけるように部屋を出て行くところだった。満里奈のもとへ行くのだろうとなんとなく察して、真理ももうここには用がないと思った。

帰るための口実を口にしながら腰を上げる。

「そろそろ帰らないと、約束に間に合わない」

「え!?　帰るんですか?」

女子たちが一斉に驚いた顔をしてこちらを見る。先ほど真理に気分を悪くさせられただろう彼女も、どういうわけか帰ってほしくないという表情をしている。

満里奈を傷つけているあなたとは縁を持ちたくないです、と心の中で舌を出しながら、真理はさも残念そうな顔をして口を開いた。

「急に親が家に来ることになってね……少し食べて帰ろうと思ったけど、無理そうだから」

真理はにこりと笑い、多めの金額をテーブルに置く。

「ごめんね。これで支払いお願いします」

さっさと立ち上がり部屋を出ると、店のエントランスへと急いだ。すると百合がこちらに戻ってくるところだった。

「マリー、いや、木下さん、帰った？」

百合にそう尋ねると、ちょっと驚いた顔をして真理を見る。

「あ、今、出て行ったところで……まりちゃん美人だから、ちょっと心配なんです……」

繁華街の夜道を満里奈一人で帰らすわけにはいかない。先ほども男性たちの注目を浴びる満里奈に、心穏やかではなかった。

「確かに木下さん、いろんな男に声をかけられそうだよね」

「そうなんですよ。だから余計に、男性不信になるんですよね……」

そう言ってちらりと上目遣いで見てくる。その目付きは真理の心の奥を探るようだった。

「まりちゃんと仲良いですよね？　気が強そうに見えるけど実はそんなことなくて、でも、正義感が強くって、純情な子なんです。今は特に、家の……こともいろいろあるようだし、適当に遊ぶなら今のうちに離れてください」

最後まで視線を外さず、言い切って唇を引き結ぶ。

適当に遊ぶように見えるのか、と真理は心の中でぼやいた。本当に自分は自分の容姿で損をしている。女の子と遊びで付き合ったことはないというのに。

「君に言われなくても、マリーが純情なのはよくわかってるよ」

親しげに満里奈のことをマリーと呼んだことに、びっくりしたらしく目を見張る。おそらく満里奈は真理と一緒にご飯を食べていることなど、話していないのだろう。

「じゃあ、またね」

瞬きをした彼女に真理は微笑み、背を向ける。

店を出て駅の方へ行くと、満里奈の後ろ姿が目に入り、安堵の息を吐く。女性を追いかけ、見つけたことに安心するのは初めてだった。

あんなことがあったのに、きりっと背筋を伸ばし、すらりとした後ろ姿だけでも見惚れるほどだった。道行く男性がすれ違いざまに満里奈を振り返って見ている。

森の言う通り、彼女は綺麗な一人の大人の女性。自分は自覚なしに満里奈の何を見ていたのだと思うと、おかしくなってしまう。

若いから、年下だからと変に理由をつけていた自分は、きっと滑稽に映ったことだろう。

「マリー、待って！」

声をかけ、彼女の肩に手をかけるとすぐに振り向いた。

「仙川さん⁉　え？　なんで？」

首を傾げる彼女も可愛い、と思った。

そう、彼女はずっとこんな風に可愛かった。年が離れたオジサンだから、と気持ちを否定していた自分がバカみたいだ。

「抜けるんだったら、言ってよ、マリー」

「言うも何も、アレは抜けないと無理でしょ！　私、同期の矢口にキレたんですよ？　空気悪くしておいて、あのまま飲み食いできませんよ」

若干言い方がしどろもどろだった。彼女の言い分はもっともだが、自分を一人置いていってほしくなかった。

「言ってくれれば、俺も一緒に抜けたのに」

「仙川さんと抜けたら、それこそ矢口の標的になるじゃないですか！」

呆れたように彼女は言った。

「私も前まで矢口と同じようにして一緒にいたけど、本当の本当は居心地悪かったんです。私の同期の女子はほとんどパイロットや整備士、ベテランCAを狙ってるんですよ。JSAで社内恋愛して結婚するのがみんなの計画なんです。私と違って矢口は契約社員だし、正規雇用の私のことは気に入らないはずですよ、矢口は！」

まだムカムカが収まらないのか、一気にまくしたてるのが満里奈らしくてクスッと笑ってしまう。

「ベテランCAの男というと……チーフパーサーの朝山さん、市川さんあたりかなぁ……無理そうだけど」

二人とも三十代半ばくらいの年齢で、今のところ結婚しておらず独身だ。朝山が結婚していない理由は、ダメな女の子に引っかかるから。市川の理由は、単に女の子と付き合うのが基本苦手。草食なのだ。

「無理めでも狙うのが矢口たちなんです。っていうか仙川さん、別に抜けてこなくても、モテるんだからいたらよかったのに」

ムッとした顔をしている満里奈に、真理は苦笑する。

「モテることが楽しいわけじゃないから。マリーが一番そう思ってるんじゃないの？」

満里奈は視線を横にやり、大きくため息を吐き出す。

「まぁ、モテるのが楽しい女の子は、あんなにキレたりしないよね？」

真理が笑みを浮かべながら言うと、彼女は言葉に詰まって唇を嚙み締め、それからガクッとうなだれる。

「私って未熟ですよね？　矢口をたしなめるもっとうまい方法があったかもしれないけど、石井先輩を悪く言われて……」

悔しそうに目を伏せる満里奈がとても可愛く思えた。ちゃんと反省しているんだな、とここでも好感を上げてくることに、愛しさが込み上げてきてどうしようかと思う。

真理の中で、十四歳も年下、若すぎる、という思い込みは中々抜けない。それでも、目の前にいる彼女に惹かれる気持ちは止まらなかった。

「そんなことないよ。むしろスカッとした。それよりここに突っ立ってると、店に近いし抜けたのバレるからちょっと移動しない？」

「あ……そうですね」

満里奈は上着を着ようとした。着ないまま店を出たのは、それだけ同期の言葉に頭にきていたからだろうと察した。

真理が彼女のバッグを持ってやると、すぐに上着を羽織った。ジッとこちらを見るその目が、なんだか訝しんでいるようで気になった。

「なに？　どうかした？」

満里奈は少しだけ笑って首を振る。

「いえ、何でもないです。もう仙川さんも帰りますよね？」

「お腹空いてないの？」

満里奈は全く食べていなかった。細身だが結構食べる満里奈のことだから、空腹だと思って言ったのだ。

「お腹空いてますけど、今日は帰ります」

そっけなくそう言われ、真理にとっては意外だった。いつもの彼女なら食べに行きませんか、と言いそうなのに。

「……そう？」

「はい。私は実家だし、家に帰れば何かありますから」

ほんの少し笑った口元。向けられた背中を無言で見つめる。

家では家族とうまくいってなさそうだが、本当に家でご飯でいいのか。それより、今は自分と一緒に、ゆっくりと食べたくはないのだろうか。

今まで満里奈に誘われるばかりで、それが当たり前だった。別に自分から誘わなくてもよかった。

でも今、遠回しに真理から誘ったつもりだった。

だが彼女はそんな気分じゃないらしい。真理は少し残念な気持ちになった。

正直に生きている、木下満里奈のことを好きだと自覚したというのに。

そうやって、頭の中で逡巡している間に彼女は離れていく。

気がついたら、真理は駆け出して満里奈の腕を軽く自分の方へと引いてしまっていた。

「どうしたんですか、仙川さん？」

驚いた満里奈が仙川を見上げる。自分の行動に焦りを感じながら、真理は今の気持ちを素直に口にした。

「お腹空いてるなら一緒にご飯しようよ。何が食べたい？」

満里奈はじっと真理を見てから、首を横に振った。彼女の返事はそっけないものだった。

「お腹空いてますが、別に仙川さんと一緒じゃなくてもいいです」

「……えっと……」

そもそも、いい大人のくせに、恋愛経験値が低い真理はこういう時困る。これが森だったらもっとうまく立ち回れるのだろう。

「仙川さん、いっぱいお世話になっておいてアレなんですが、もう卒業しないといけないかな、って。今日、ただ隣に座っているだけで、ああ、仙川さんはやっぱりモテるんだな、って思いました」

それがどうして食事の誘いを断ることになるのだろう。真理は不思議に思ったが、満里奈は考えながらゆっくり話した。

「いくら綺麗だって言ってくれても、私から誘って一緒にご飯食べるのは違うかも、って思いました。もっと他に食事をする人いますよね……ありがとうございます、今まで。もし今日みたいに気が向いたら、ご飯に誘ってください」

顔を上げてにこりと笑った顔は可愛くてキレイで、今までどうしてこんな子に誘われて平然としていたのか、自分で自分がわからない。

「ねぇマリー、俺、思ったんだけど」

放してほしそうな満里奈の細い腕を掴んだまま、微笑みながら言う。

言いながら緊張している自分は、まるで子供と一緒だ。本当に恋愛レベルの低い、ただ年を重ねただけのオジサンにすぎない。

「ウチに来ない？　なんか作るよ」

少しでも一緒に過ごしたくて、精いっぱい誘っているつもりだ。でも、彼女の表情から、そういう気持ちになっていないことが伝わってくる。

「料理できないいんじゃなかったですか？　前、そんなこと言ってたでしょ？」

確か、彼女にはそう伝えていた。裏目に出てしまったと思う。しかし、しょうがないことだ。料理ができないと話した時は、その方がいいと思っていたから。

「……本当はまぁまぁできる」

この男、嘘ついたなと顔に書いてあった。咎めるような瞳さえ美しく、可愛いと思う自分は、バカになってしまったのだろう。

「今の家になって女の子を家に上げたことがなくって。住んで六年くらいになるけど、実はあまり知られたくなくてね。話の流れで、適当に俺の家に来るかって言ったこと、ごめんね。あの時は君を家に上げる気はなかったけど、今は、あるから」

「だから？」

満里奈の声は硬い。

「木下満里奈さん、俺の家に今から遊びに来てください」

素直にその場で頭を下げた。本当の気持ちをわかってもらいたい一心からだった。しかし。

「行きません！」

キャンッ、と可愛い犬に吠えられた。

「なんでだよ……」

「なんで、って嘘つく男の人は嫌いです。それに今日、私はいろいろと落ち込んでるんです！」

「これから、嘘はつかないから……落ち込んでるなら話聞くし」

真理が宥めるように言うと、プイッと横を向いてしまう。

「信じられない。仙川さん話し方からして信じられないもん！　軽いし」

彼女は真理の手を振り払った。すぐに背を向けて駅へ向かって歩き出す。

「ちょっと、マリー？」

彼女の背をもちろん追いかける。こちらのリーチが長いからほんの数歩で追いつく。

今までの真理だったら、女の子の背を目で追うだけで、足は動かなかっただろう。

「気安くマリーなんて呼ばないでくださいよ。私の名前は満里奈です」

「知ってるよ、そんなこと」

もう一度彼女の腕を摑むと、満里奈は足を止めて見上げてきた。満里奈の目はキラキラしていて見つめられると若干怯む。

濡れたような黒い目で見つめられて、目に毒という言葉が思い浮かぶ。

「急に、どうして誘うんですか？　誘ってみたくなったんですか？」

「そうだね」

自分としては、急にというわけではないが、満里奈がそう感じるのは仕方ないだろうと思った。自分の気持ちに気づくのが、遅かったのが原因だ。しかし、今はなんだか、誘うの意味がどこか男女の響きに似ていて真理は妙な胸騒ぎを覚える。もちろん、言っている満里奈にそんな深い意味は皆無だろう。

「わけわかんない仙川さん」

もう一度腕を摑んでも、満里奈は振り払わなかった。真理の中で、彼女が言うわけのわからない感情が疼く。

「俺は……わかってるから大丈夫」

「はぁ？」

「すぐそこだから、徒歩五分もかからないよ」

そう言って指さしたのは大きめの高層マンション。

「え……？　あんなオシャレなところに住んでるんですか？　しかも、高そうなマンションに⁉︎　駅近だし、生活に絶対困らないあんな場所に……」

満里奈が唤きながら引いていた。住んでいる場所のことはまだ話したことはなかった。困惑する彼女の声を聞いて、普通だったらそうだよな、と頭をかいた。

相続でもらえるとわかった時は仕事先が近くなるので嬉しかった。

父親の遺産で手に入ったものは大きく、いくつかの賃貸マンション、賃貸アパート、分譲マンションは手に余るほど。そのうちの一つは新築で、最上階、3LDKの2戸をくっつけるリノベーションを兄から提案され、ほぼタダ同然でやったのだが。

誰と住むんだよ、独りなんだけど、と一人で突っ込むほど広く、リビングだけで生活が事足りてしまう。なので結構な頻度で、それこそ兄から買ってもらった良質のソファーで寝てしまう。

広すぎたかもしれないと零すと、結婚するかもしれないだろ、と兄から言われる。それに関しては適当に生返事をした。

本音を言えばそんなのずっと先だろうし、生涯独身の可能性が高いと思っていた。

しかし、満里奈を見るとなんとなくそういう未来も考えてしまう。

「……まぁ、とりあえず行こうよ、マリー」

家に入った途端驚くだろうなぁ。

そう思いながら彼女を見ると、盛大に頰を膨らませ自己主張してきた。

「私は木下満里奈です！」

「今さら、呼び方変えなきゃいけないの？」

そう言うと、彼女は視線を泳がせてから不貞腐れたように返事をした。

「……別にいいですけど」

「行こうよ、ほら」

自然と手を差し伸べると、あからさまにむっとした顔をする。

「手は繋ぎません！」

「ああ、そうだったね」

手を繋いだことがないと言っていたことを思い出し、一度は手を引いたが。

それでもなんとなく彼女に触れていたくて。

「でもさ、なんか逃げそうだから」

勝手に彼女の手を取る。思ったより小さな手でドキッとする。指は細く華奢で、女性らしい手だった。

それと同時に、家族の話を疎外感を滲ませて話していた時の寂しそうな顔を思い出す。

すると途端に儚く頼りない手だと感じた。守ってやりたくなるような、ずっとこうして手を繋いで歩きたいような気分になる。

「手は繋がない、って！」

「もう繋いじゃったよ」

お互い、繋いでいる手が汗ばんでいる。自分も緊張しているのかもしれない。

「仙川さん！　手に汗かいてるから、離してくださいよ！」

「別にいいよ、そんなの。手を繋いでたら汗くらいかくよ」

繋いだ手は離さなかった。離そうと思わなかった。
満里奈もそのあとは大人しく従って、二人は並んで歩いていった。

6

仙川は満里奈の手を離さなかった。ずっと繋いだまま彼は指さしたマンションへと連れて行き、エントランスに鍵を入れて自動ドアを開け、エレベーターの前に立つ。

「何階に住んでいるんですか？」

満里奈はうつむいたまま聞いたが、彼はそれには答えなかった。だから眉根を寄せて問うように見上げると、彼はやや目を泳がせてから満里奈と目を合わせる。

「本当は住んでないとか、そんなこと言いませんよね？」

「いや……住んでるよ？　一番上の階にね」

「はぁ!?」

一番上と言ったら結構な値段ではないのか。賃貸でも、分譲でも、とにかくお金がかかる物件なのは違いない。

「ローン、払っている最中ですか？」

自分の親がまだそうなので、仙川の年齢を考えて言ったのだが、彼の答えは違った。

「いや……その、ローンは、ないよ？」

上に行くボタンを押すと、すぐにエレベーターのドアが開いて乗り込む。彼は迷いなく最上階のボタンを押し、エレベーターが上に向かって動き出す。

「え？　なんで？」

「あー……なんでって……えーっと……」

仙川は言葉を濁す。はっきり言ってよ、とばかりに胡乱げに目を向けられ、うん、と言ってにこりと微笑む。

「これ、賃貸マンションなんだけど……一棟まるごと、相続で俺のものになったんだ。だから、最上階に住んでるんだけど……」

いっとうまるごと、の意味がすぐにはわからず、満里奈はしばらく首を傾げていた。その間に最上階に着いて、エレベーターを降りた。

すると眼前にドアがあった。周囲を見るとそのドア一つしかなくて、あれ？　と思う。でも、共有スペースには、きちんと窓がいくつかある。

ドアが一つしかないのに、窓を数えると四つあった。しかもよく見るとドアと思っていたそれは引き戸だった。

「変な作りですね……まるで、ここには一部屋しかないみたい。なのに、いっぱい窓がある」

「……ああ、まあね」

ようやく仙川が満里奈の手を離し、ボディバッグから鍵を取り出して、引き戸を開けた。

「どうぞ」

どうぞと言われても、と満里奈は目を見張る。

満里奈のマンションと比べると、玄関スペースがかなり広かった。妹たちがよく靴を脱ぎっ放しにするのだが、いつも足の踏み場がなくなるくらい、満里奈のマンションの玄関は狭い。

なのに、そんなことをしても有り余るくらい広くてびっくりする。

「あの……」

「ん？」

「ここは、なんですか？」

玄関に足を踏み入れずにいると、仙川が再度満里奈の手を掴んで中に引き入れ、ドアのカギを閉めた。

「どうぞ、上がって」

顔をこわばらせて彼を見上げれば、彼はとりあえず笑顔を浮かべてみた、という顔をする。

「……お邪魔します」

少しヒールの高い靴を履いていたから疲れていた。脱いでホッとしたところで、スリッパを出された。

「どうぞ」

「ありがとうございます」

「あ……リビングこっちだから」

そうやってスタスタ歩いていく背中を見ながらついていく。ステンドグラスみたいなドアを開けると、目を見開いてしまうほど広い空間が目の前に広がっていた。

「ああいう、合コンっているだけで疲れるよね？　あ、適当に座ってね」

適当に、ってどこに？　そう聞きたいくらい、どこにでも座れる。だって、見る限りソファーは三つあるし。

目の前の窓から見える夜景はすごくキレイでピカピカ輝いているし、ガラス窓もお洒落だ。夜景を見ながらくつろげるようにしているのか、窓の前にもソファーがある。

テレビも大きいし、その前にある白いソファーはバカデカくて、フカフカしてそう。っていうか、高そう。三つ目のソファーは備え付けらしい本棚の前にあって、テレビの前にあるやつと同じだ。

それに、明らかに高そうな広いキッチンにはカウンターもあり、スツールが二つある。

仙川に視線を移すと、ボディーバッグを無造作に高そうなソファーの上に置き、上着も脱いでいた。そんな適当に上に置いたら、ソファーが悪くなると言っていつも満里奈は親に怒られるのだが。

「いろいろソファーの上に物を置いたら悪くなるって、言われたことがあるんですが……」

控えめに言ってみると、ああ、と言って笑った。

「確かに無造作にボンボン置いたらスプリングが悪くなるソファーもあるみたいだけど、これは大丈夫。すぐだめになるようなもの買わないから。それより、何が食べたい？　でも結局パスタかなぁ……最近、買い物してないから、適当に作るね」

そう言いながらキッチンへ行き、シャツの腕をまくって冷蔵庫を開けた。冷蔵庫もバカデカいものだった。仙川は帰宅していつも通りの調子なのだろうが、満里奈にはこの現実が受け入れがたかった。

「あの……」

「んー？」

「仙川さんって、パイロット以外の収入があるんですか？　いっとうまるごと、ってこの賃貸のマンションの全部まるごと、仙川さんのもので、家賃は収入になってるとか？」

「うん、まぁ……正直に言うと、ほかにも相続で、三つ物件持ってる。俺の家、建設会社と不動産会社を経営していて……管理は、実家の会社に任せてるけどね。駅近で便利って思ってここに住むことにしたけど、提案されて、部屋を二つ分くっつけたら、かなり広くて持て余してる」

サラッとすごいことを言われ、満里奈は啞然とするしかない。

ひとまず適当に、と言われたので、テレビの前の白いフカフカソファーに座った。身体がいい感じに沈んで、背を預けると包み込まれ、気持ちよすぎて抜けられない沼のようだ。

「仙川さん、パイロットしなくても別にいい身分なんですね……」

満里奈の言葉を聞いて、仙川は冷蔵庫のドアを閉め、困ったように笑う。

「身分なんて……そんなことないよ？　パイロットの仕事は好きだからね。ずっと続けたいと思ってる」

「私ってば、最終的にお金持ちの人の家についてきちゃって、なんだかバカみたい」

満里奈はかつて、安定を求めて結婚がしたいからパイロット狙いをしていた。家を出たいからそう思っていたし、目標にしていたが、今はそうじゃない。

幼稚な考えを捨て去ろうと決心した。なのにその途端、なんで目の前にいる仙川はお金持ちでパイロットなのだろう。

食事に誘ってほしいし、彼の隣に女の子が来るとムッとした感情を持つくらいには惹かれている相手だ。

きちんと仕事をしよう、地道に頑張ろうと思っていた矢先に、こんなことを知ったら決心が鈍りそう。

今の自分は結局、高収入のパイロットで実家も自分もお金持ちの仙川の家にちゃっかりいて。これがバレたら矢口の標的になるだけではすまない。

いろんな思いがグチャグチャになって、なんだか自分がバカみたいだ、と満里奈は思った。

「もうやだ……何でここに来たんだろう……」

泣きそう、と思ったら涙がポロリと零れて頬を伝う。

「……え？　どうした？　マリー？」

仙川が焦った顔で慌てて近づいてきて満里奈の隣に座る。

「さっき言われたことが悔しいし、仕事頑張って家も出るって決めたっていうのに……」

「マリー？」

座った拍子に少しだけソファーが沈んだが、二人座っていても居心地は変わらない、素晴らしいソファー。

「パイロットでお金持ち設定だったら、もっと早く言ってくださいよ！　私ってば、バカみたいに

仙川さん誘って、狙っているように見えるじゃないですか。こういうのとは、さよならしたいんです！」

満里奈が喚くと、仙川は手近にあったティッシュの箱を満里奈の前に置く。

「えっと……こういうの、って俺みたいな男、ってこと？」

「そうですよ！　私の方から何回も誘って、まるで仙川さんに気があるみたいじゃないですか！　今は一人暮らしを考えてるのに、こんな目の前に美味しい肉みたいなものをぶら下げられても、私はムリなんです！」

仙川を肉呼ばわりするのもなんだが、それはモノの例えだ。この前まで、パイロットと結婚して、円満退職して、専業主婦になるのが一番だと思っていた。

だけど、やっぱり違うから、これからもう少し社会人として頑張って、自分の内面も見つめ直したいと考えている。

なんなら、寿々のように信頼されるスタッフになって、教育も任されちゃったりして、と将来を考えていた。そのためにまず、家を出たい理由が結婚になっていたのをリセットした。そして自分の力で家を出たいと思うのに、仲が良くて、優しい年上の男性が目の前にいる。

しかも、今日は珍しく誘ってくれたかと思えば、まさかの自宅訪問で、ちょっとドキドキしてしまった。

彼のスペックを考えたら、前の自分に引き戻されてしまう。

「もう、仙川さんのせいだ！　私、帰んなきゃ！」

立ち上がろうとすると、手を摑まれる。その手は大きく包み込むようで、ドキリとした。

そうだ、この人は喋り方が軽いくらいなだけで、別に内面が軽いわけじゃない。

仙川はイイ男なのだ。信頼に値する、大人の男性だ。

「マリー、ちょっと落ち着いて。ごめんね、君の言う設定、っていうの？　言い辛くてさ……頑張るって決めてるの知ってるし。家の事情がそうさせるのもわかってるよ？」

「だったら初めから言ってくださいよ！　私は玉の輿に乗るのはもうやめたんです！」

「うーん……それもなんとなくわかってた」

とりあえず、満里奈は仙川の隣に座り直す。

彼は満里奈にとって、理想の男性にはなるだろう。何しろみんなが憧れるパイロットだ。なぜもっと早くに知れなかったのか。

というか、仙川にはパイロットを狙って森に失恋した話とか家を出たいから結婚したいとか恥ずかしい話をいっぱい言ってきたし、どう思われていたのだろう。変な正義感振り回してキレちらかしたりもした。

「もう、もう！　パイロットには恋をしないって、決めてるんです！」

満里奈が下唇を噛んでキッと彼を睨むと、仙川は驚いたように瞬きをした。それから足を組み、クスッと笑った。

「そんなことまで考えてるってことは、俺のこと男として見てるんだね？」

なんだか余裕そうにそう言う仙川に、少し視線をずらして、ムッとした顔のまま返事をする。

「最初から男の人じゃないですか。これじゃあ振り出しに戻っちゃう！」

自分ばかりが気があるようなことをしてしまったが、彼は一切満里奈を口説いてもいないし、誘惑もしていないのだ。

「変に思わせぶりに手なんか握らないでくださいよ。ドキドキしたくないんです！」

一気にまくしたて、肩で大きく息を吐き出す。しかし仙川といえば手を繋いだまま、満里奈の吠える声を笑顔で聞いていた。

なんでそんな余裕そうな顔を、と唇を尖らせてしまう。

「ねぇ、マリー……パイロットの俺はダメ？　ドキドキしていいじゃないか」

「ドキドキしたら、決心が鈍ります。楽したいわけじゃないんです。仙川さんみたいな人摑んだら、ああやっぱりね、仕事よりそっちよね、とか陰口言われて終わりなんですから……」

満里奈なりにプライドだってある。失恋したが、寿々が森の相手でよかったし、むしろ先輩でよかったと思っている。

できればこれからは順風満帆に生きたいけれど、人生そればかりじゃないって、本当はわかっている。

「別にパイロットと恋人になったからって楽になるわけじゃないよね？　俺も顔がいいからってマリーを選ぶわけじゃないし、きちんと自分を持って頑張ってる女の子は……好きだけどなぁ」

目を見張ると、新しい涙がポロリと出てきた。それを手元にあるティッシュで仙川が拭う。

まるで満里奈のことを好きだと言っているような仙川の言葉にびっくりする。ただの話の流れで、そういう意味の好きじゃないし、と自分を落ち着かせながら彼から顔を背ける。

「君が言う通り、俺だってきちんと仕事をしたいし、やりがいもあるから働いてるんだよ？　外見がいいのは、もちろん人生において、得をしていると感じる人が多いと思う。でも、それはそれでしょ？　持って生まれたものは変えられないし、自分がブレなきゃいいんだよ」

そうはいっても、彼が相当な資産家であることは間違いなく。そのことに決して驕らない今の言葉も、満里奈の胸に刺さり、やっぱり仙川はイイ男だと思ってしまう。

気持ちが引っ張られていることがヤバい。

こんなんじゃ、パイロットと結婚したい！　と常々言っていた前の自分と同じだ。

「でも、私は仙川さんじゃ、ダメです……いえ、それ以前に、私と仙川さんはそういう仲にはならないと思います！」

「何でそう思うの？」

首を傾げて聞いてくる。満里奈よりも十四歳年上とは思えない若々しさと、整った外国人寄りの顔がどうにも女心を疼かせ、ドキドキさせる。

「とにかく、仙川さんといたら、パイロットと結婚したい、って言ってた前の自分に逆戻りです」

「それ、どうしていけないの？」

こんなことでグラついたらいけない。質問で返されるのはいけない。

「どういうことなんですか？　そっちこそ」

この前まで、いや、さっきまで仙川と満里奈は男と女という感じではなかった。なのに、ほんの少しの時間、一時間も経っていないのに、なんだか恋愛っぽい空気が流れている。

「さっき、同期の女の子に、マリーがキレてたでしょ?」

「……みっともなくてごめんなさい」

うつむいて言うと、仙川は首を横に振ってから満里奈を見つめた。

「自分も酷いこと言われてるのに、ちゃんと石井さんのことを考えて、おかしいことはおかしい、悪いことは悪いって言えるんだって……心に突き刺さって」

「……」

そんな風に思われていたとは信じられず、仙川に視線を移すと、握っている手に力を込められた。

「いつも俺、女の子からの誘いって、適当にスルーしてきた。なのにマリーとは何回も会ってた。最初は君は年下すぎるし、十四も年の離れたオジサンがってそりゃ考えたさ」

眩しそうな目で覗き込んでくる仙川に、満里奈の胸はドキドキしっぱなしだった。

「でもそれはずっと蓋して気づかないふりしてただけだった。本当は最初から素直に一生懸命生きている君に惹かれてた」

仙川みたいな大人の男の人から、惹かれてるなんて言われるような自分ではない。それは森に失恋してから自分を見つめ直し気づいたことだ。

「ねぇ、マリー……逆戻りでも、別にいいと思う。JSAでパイロットやってる、俺にしときなよ」

イケメンパイロットとして、機長になったこともあり、特に最近はよく社内広報誌に載せられている仙川。新人の子だって、年を知っていてもカッコイイ、独身なんてありえない、と言うくらいモテる男の人。

仙川の前では良いところなんか見せたことがなくて、むしろマスカラが取れてパンダになっているのも見られている。ワガママな部分もあるし、言っていることなんて支離滅裂な時もあるのに。

なんで、こんなカッコ良くて、仕事での信頼も厚い、しかも確かな資産を持っている人が、家を出るために結婚したいと思っていた満里奈を。

「口説いてますか？」

「いけない？」

「私は、パイロットになんて、もう、恋は……」

満里奈がそう言いかけて止めると、彼は微笑み、目尻に少しだけ残っている涙を指先で拭った。それから繋いでいた手をぐっと引き寄せ、満里奈はされるがまま仙川に身を傾けた。

「少しは、してるでしょ？」

仙川の顔がゆっくりと近づいてくる。鼻先が触れそうな距離で一度止まり、それから再び微笑んだ彼が満里奈の唇に自身の唇を触れさせる。

一度唇が離れて目を開けて、仙川が親指で頬を軽く撫でたあと、また口づけをされる。

今度は少し粘膜が触れ合うキスで、唇を軽く吸われた。口を少し開けていた隙間に舌が入ってきて、キスが深くなっていく。

「……っふ……っん」

すぐに満里奈の頭は靄がかかったように真っ白になった。初めて覚える熱い感情が湧き上がってきて、何も考えられず、仙川のキスにすべてを委ねた。

背中と腰に腕を回され、抱き寄せられる。彼の手の体温を感じ、身体が勝手に揺らいだ。

何度か舌が絡まり、満里奈の息がもたなくなるというころに、唇が濡れた音を立てて離れる。目を開けると、仙川の顔があって、舌先が自身の唇を舐めるのを見た。

何度も目を瞬きすると、どうにか正気に戻ってくる。

「き、きす……した？」

「あ、うん、君が可愛くて……」

初めてのキスは柔らかくて温かくて気持ちよかった。こんなこと思うのって、なんかおかしいかもしれない。でも全然嫌ではなかった。

「……私、男の人に慣れてないのに、こんな……」

涙がポロッと頬に零れると、仙川が慌てた顔をした。しかしそんな時でも、イイ男はイイ男のままだ。

「ごめんね、マリー。そうだ、ご飯は……」

「もういいです……家に帰ります」

グスッと洟をすすると、彼はもっと慌てた顔をした。

「じゃあ、家まで送るから」

「助かります……」

小さな声で返事をする。初めての経験で身も心もオーバーヒートしている。何も考えられなかった。とりあえず冷静になるために、この場を離れるのが一番に思えた。

「お腹空いてないの？」

気遣うように聞いてくる仙川は優しい。きっと赤い顔をしているんだろうと思うくらい、顔が熱い。

「家に帰って食べます……」

「そう、わかった……」

仙川が幾分肩を落とし、立ち上がる。バッグを肩にかけるのを見て、満里奈もソファーから立ち上がった。

そこから靴を履いてエレベーターに乗るまで二人はずっと無言だった。彼が車を出すと言って車庫のボタンを押すと、しばらくして車が下から出てきた。

以前見たことがある、とても普通の人には買えないＳＵＶの外車だ。

「そういう車に乗ってるのも納得です……現金で購入したんですか？」

いやいや、と首を振って仙川は否定した。

「これは本当に、俺が兄に譲ってもらった。中古車だ。だから、俺の趣味じゃなくてね……でも乗り心地がいいんだよね」

仙川は頭をかきながらそう言ったが、普通は兄弟でもタダで譲らないと思う。

そんな弁明しても高級車じゃない、と満里奈は心の中で突っ込んで、彼を見上げる。

「セレブですね」

「……そんなつもりないよ。ただ、そうだな……君に言い寄って、キスまでした男が、たまたま君が言ってたようなパイロットでちょっと資産を持ってたって、それだけだよ」

いい男はサラッとすごいことを言う。満里奈が返事をせずうつむくと、軽く肩をポンとされた。

それから彼は車に乗り車庫から出すと、車内から手招きする。満里奈は助手席のドアを開けて、だいぶ車高が高い車に乗り込んだ。

「君の住んでるマンションの住所は？」

「ここからそんなに遠くないんですけど……」

口頭で伝えると、彼はナビに住所を入力し、車を発進させる。

「私、石井先輩が内緒にした気持ち、今すごくわかるかも……」

「え？」

仙川が運転しながら首を傾げる。

「内緒にしないと矢口とかがすぐに喋って広まりそうで、もし別れちゃったりしたらまたそれも広まって……いろんなことが筒抜けでプライバシーなさそう」

仕事を頑張るつもりが、なんだかすごく大きなものを掴んだ気がする。いや、付き合うとかそういうのはまだ、ないけれど。

しかし、キスまでしてしまった。その事実にまた満里奈の頭はぐるぐるし続けている。

「俺だって同じだよ？」

「え？　どうして？」

同じだと言われて、そうじゃないだろうと、満里奈は聞き返す。

「君みたいに若くて美人で仕事を頑張ってる子に振られたら、もう立ち直れないし、噂広まってプライバシーまでなくしてしまったら、ちょっと考えただけでおかしくなりそう」

仙川がそんなことを考えるとは思わず、満里奈は一瞬目を丸くして、噴き出してしまった。

「笑うことないでしょ？　本気で考えてるんだから」

「ごめんなさい」

仙川ほどの大人でも、そんなことを考えてくよくよするんだと思うと、少し気持ちが軽くなった。

「君は明日も仕事でしょ？」

「いえ、明日は休み、です」

「そう。じゃあ、また連絡するから」

「……はい」

これから二人の関係は変化するのだろうか。満里奈は高級車に揺られながら、赤くなる顔をどうにも抑えきれなかった。

7

人生で初めてのキスをしてしまった。

今現在、満里奈の頭の中には、このワードがずっとループして回っている。朝起きてからずっとだった。

しかも、想像でしか知らない大人のキスをされ、満里奈は自分の唇を無意識に触ってしまう。すると余計に、仙川の唇の感覚を思い出してしまい、わーっとなってしまうのだ。

そんな気持ちを引きずって休みの翌日出社し、さすがにカウンター業務で仕事に集中している時はそんな余裕はないのだが、今は搭乗案内の方にいるので、先ほどから頭に浮かぶのは仙川のことばかりだ。

そもそも仙川とどうにかなるなんて、自分では予想もしなかったことだ。

今日、彼は休みのはずで、飛行機を操縦することなどないのだが、飛行機が目の前にあるとどうしても、彼の唇を思い出す。

キスなんて、もっと好きという気分が盛り上がるか、そういうロマンチックな雰囲気になってするものだと想像していた。けれど、そんな頭の中の妄想よりも、もっと唐突にキスをされた。

『私は、パイロットになんて、もう、恋は……』

『少しは、してるでしょ？』

少しはしていると思う。だって、仙川がちっとも食事に誘ってくれないことに不満を持っていた。そして特定の人、つまり仙川しか誘わない。誘える異性が彼しかいないなんて、そんなこと言い訳にしかならないだろう。彼との時間を楽しんでいたのは満里奈だ。

でも、パイロットにまた恋をするなんて。秘密の恋にしないといけないことは、わかっているようでわかっていなかった。今は寿々の気持ちが痛いほどよくわかる。

森狙いだった満里奈が、結局その同僚で、同期で、イケメンな仙川と……と知れ渡れば、とても面倒くさいことになりそうだ。寿々の比ではない。それを想像してげっそりとする。

いろいろ考えていても仕事は終わらない、と自分で自分に言い聞かせながら、軽く首を回す。

「この前の飲み会、なんで先に帰ったの？」

肩をポン、と叩かれ、同僚の矢口が話しかけてきた。今日は同じ時間帯勤務。実はもう、矢口とはあまり話したくない。合コンであんな言い合いをしたのに、平然と話しかけてくる矢口もどうかと思った。

満里奈も女子的な考えを持っている方だと思うが、矢口とは方向性が本当の意味では違うので、ただの同僚としての付き合い以上は、しなくていいと考えている。

というか、なんで先に帰ったの、なんて笑みを浮かべて聞いてくるところが無理、と満里奈はため息をついてみせた。ここは嘘でも取り繕うしかない。

「合コンの前に親から電話あったし、あまり乗り気じゃなくて」

「パイロットがあんまりいなかったからじゃないの？　木下がパイロット狙いなのはみんな知ってるし。私が飲み会の席で森機長のこと暴露したから帰ったわけ？」

相変わらずズケズケ言うな、と思いながら満里奈はきっぱりと言った。

「前はそうだったかもしれないけど、別にパイロット狙いじゃないし、限定してないから。それに今は、彼が欲しいとか考えてなくて。矢口のあの時の言葉、私に対する悪意しかなさそうだったし、できればこの話はしたくないんだけど」

矢口はさすがにバツが悪い顔をし、黙り込んだ。

「わざわざ私と仲が悪くなるようなこと言わないでよ」

満里奈がはっきり言うと、矢口はそれでもむっとした顔をした。

「仙川機長、木下が出たあとすぐに帰ったから。一緒に帰ったのかと思った。示し合わせてね……」

「そんなに想像力働かせないでよ……とにかく違うから」

意外としつこい。満里奈は心の中でそうつぶやきながら、お客様を見送ったあとのパネルの片づけをし始める。

仙川が来て一緒に帰ったどころか彼の家に上がったけれど。それを矢口が知ったら、騒ぎ出しそうだ。だが、別に悪いことをしたわけではない。

しかし、ここはやっぱりウソをつくのが上策。

「そもそも、あの場でちょっと話しただけだし。特別親しくしてるわけじゃないから」

ここまで矢口と話し、今、矢口が問い詰めているのと同じことを、満里奈も以前寿々にしたな、と申し訳なく思う。

反省しながら、これから気をつけていこうと思う。言葉は時に面倒くさく人を傷つけてしまうのだから。

「木下って、石井先輩経由で仙川機長と仲良くしてるんだと思ってたから。木下失恋したばかりなのにすごいよね、ってみんなと話してたんだ。森機長がダメなら仙川機長……年齢はちょっと上でも、しっかり仕事ができて機長にまでなっている人だからって。仙川機長はモテるけど意外と堅実で真面目だから結婚してないって噂だし。今まで仙川機長を狙っていた人はやっぱりざわつくじゃない？」

どうやら本気で仙川を狙っているのか、と聞き出したいらしい。矢口のこういう勘繰りみたいなところが苦手だ。正直迷惑だなぁ、と思う。

意外と堅実で真面目だから結婚していない、の「意外と」は外してほしいと勝手にムッとしてしまう。仙川は華やかな見た目で損をしているだけだと、今はわかっている。

「噂とかそういう男女関係のことって、勘操るだけ下世話な気がする。私も昔はそうだったけど反省したの。矢口も、あの時の私みたいに勘繰ってるんだろうけど、私と仙川機長は違うから。本当に話してただけ」

案内のパネルを片付けながらそう言うと、矢口は手伝ってくれたが、それは仕事しているフリだけなのがわかった。

「木下が帰ったあと、仙川機長に注意された。木下が今言ったみたいなことを言われて、説教されちゃったけど……それだけ、大人ってことよね？　私も狙いたくなっちゃった」

何言ってるんだ、と思いながら満里奈は、そう、としか言えない。もういい加減この話終わりたいなー、と内心頭を抱えてしまう。

けれど、仙川が矢口に注意をしてくれたなんて、なんだかありがたいし、嬉しい。

「何度も聞くけど、石井先輩と仲が良い流れで、仙川機長を狙っているわけじゃないのね？」

「私には関係ないから。石井先輩とは仲良くさせてもらってるけど、仙川機長の話なんか出たことないし。そもそも、森機長とも石井先輩経由で会ったこともないしね」

会ったことはあるが、ここは面倒くさいので嘘をついた。四人でご飯を食べに行ってそこで決定的に振られたことは話さずにおく。寿々だって、黙っているのだから。

「そうなんだ」

「そうよ」

きっぱり言い切ると、矢口は肩を竦めてようやく納得したような顔をした。

「森機長に続いて、仙川機長も人のものになりそうだと思うと、やっぱ悲しいよね？　大体あの年まで二人とも独身でいたことが奇跡なんだろうけどさ。相手が木下だったら勝ち目なさそうだし」

森が結婚するとなって狙っていたＪＳＡの女性社員、特にＣＡはものすごく落胆したと聞く。でも正直言ってグランドスタッフである自分たちよりも近くにいたのだから、さっさと何か行動をすればよかったのに、と満里奈は思うのだ。

「そうね……矢口、そろそろ持ち場に戻らないと、お客様来ちゃうよ？　私はこのまま搭乗口のシフトだけど、矢口はカウンターじゃない？」

とにかく話を終わらせたくて矢口にそう言うと、彼女は焦ってヤバッと言った。

「じゃあ、戻るね！　今度は飲み会の途中で帰らないでよ？　で、誤解は解いておいてあげるからね」

にこりと笑った矢口に、満里奈も緩く笑みを向ける。

「ん、わかった、お疲れ」

やっと会話が終わった、と思いながら次の搭乗準備に取りかかる。

けれど、また昨夜の行為も、仙川のこともよみがえり、それが仕事の邪魔をする。キスした、というループは消えないらしい。

でもあの安心できるような低い声で優しい言葉を言われながらキスをするのは心地よかった。初めてする大人な深いキスは、友達から聞くよりも全然嫌じゃなかった。

それに彼から言われた通り、満里奈は仙川に心が傾いている。

仕事中にこんなことを考えていると心がかき乱される。彼くらいの大人だったら、満里奈のようなキャンキャンうるさい小娘感丸出しの女の子でも受け入れてもらえるのだろうか。

口調から軽い人だと思っていたけれど、そうじゃないこともわかっている。だからこそ、惹かれていくことが止められない。

あの日は家に帰るのが少し遅くなり、ご飯も食べていないことから、母からちょっと嫌味を言われてしまった。

『もう夕飯ないから、ご飯とお茶漬けの素で食べちゃいなさい』

働きだしてから、夜を家で食べる時は必ずメッセージを送らなければならない。もちろんそれを送らなかったのだから、満里奈のせいだ。

別にお茶漬けだっていいのだが、こういう時は家を出たい、という気持ちになってしまう。それが結婚だったらと思わなくもない。

こんな風につい考えてしまう自分を、仙川は受け止めてくれるだろうか。

付き合ってもいないし、キスしただけ。だけど、親身になって話を聞いてくれた。年上のあの余裕っぽいはぐらかし方も、なんだか嫌いじゃなくて、むしろ好き。

喋り方が嫌だと寿々にも言ったことがあったのに。

今はなんだかあの声が無性に聞きたかった。

☆　☆　☆

昼からの勤務のため、深夜に仕事が終わる。時間が不規則なので、実家暮らしの満里奈は遅番の時は家族に迷惑がかからないようにこっそり帰宅しなければならない。

「今から帰るのが憂鬱……」

仕事が終わり、ロッカーで着替えながら小さく愚痴を零してしまった。

基本適当にシャワーを浴びて寝るのだが、その音で家族が起きてしまい、小言を言われることも少なくない。

『シャワーは朝にしたらいいのに。目が覚めちゃったじゃん』

このような小言を先日も妹から言われた。

特に夏場は汗でベタベタだし、しっかりまとめ上げた髪の毛を解いて洗いたいものだ。メイクも強めだし、きちんとクレンジングで落としたい。

仕事が終わって着替えている最中も、なんだか家族とのモヤモヤを思い出してしまう。前はここまで窮屈に感じなかったが、社会人になって少し自由を味わったせいなのか、今はとても肩身が狭い感じだ。

遠慮しながらシャワーを浴びるたびに、ごめんね、と言うのもとても億劫だった。

「預金残高、今度じっくり見て計画しよう」

はぁ、とため息を吐きながら職員出口を出たところで、まりちゃん、と声をかけられた。

「百合、どうしたの？　珍しい、一緒になるなんて……遅くない？」

「うん、私も遅番だったけど、ちょっと残業。早く帰って寝たいよね」

あはは、と笑う満里奈は、うまく笑えていなかったらしく百合は首を傾げた。

「どうしたの？　なんだか顔色悪くない？」

百合は満里奈より一足先に一人暮らしをしていた。親の援助も当初はあったが、それらはすべて親に返していると聞いている。

「ううん。大丈夫。百合はしっかりしてるよね……私も早く家出ないとね」

苦笑しながらため息をついてしまった。百合が心配そうな顔で見つめてきた。

「私ってば結婚に逃げようとしていたから、貯金はちょっとあるんだ。今まで、自分の力で家を出るって考えてなかったし、ダメだよね」

結婚して新しい家族ができれば、自分の家族との関係も変わってくるだろうと思っていた。何より、家を出る大きな口実になるから。

「でもそれは、まりちゃんなりに考えてたわけだし。結婚して家を出るのを狙ってもいいじゃない。森機長のことは残念だったけど……本気だったんだから仕方ないと思う」

森に熱を上げていたことを百合は知っている。けれど、本当の心の底では、ただ結婚したいだけの相手で性格も顔も良かったから、ということを百合はわかっているのだろう。

「まりちゃんは次のステップに進んだってことでいいと思う。同期の矢口さん、私好きじゃなかったけど、その時はまりちゃんに必要な人だっただけ。今は違うんだから、もう付き合いをやめてほしいって思うな」

矢口のことを言われると胸が痛む。以前は自分も矢口のようなことをしていたのだ。

「……まぁ、百合が矢口のこと好きじゃなかったのは知ってる。もう付き合いはやめるよ？　飲み会であんなこと言われたんだから、もう必要ないっていうか……我慢して付き合うことないもんね」

満里奈がため息をつくと、そうだよ、と百合が言った。

「あのあとさ、仙川機長、矢口さんにそういうこと言うのやめたら、ってピシャッと言ってた。ああ、この人こんな風に人にきちんと注意できるんだな、って思った。話し方が柔らかい人だなって思ってたけど、言うべきことははっきり言って、いい人だよね」

百合には柔和な人と映っていたらしい。満里奈には軽薄な喋り方をする人、だったけど。

そうやって視点を変えてみれば、少し間延びしたようなゆっくりとした口調は、優しい感じに取れる。

飲み会で満里奈がキレたあと、そんな風に言ってくれていたことに、なんだか嬉しくなって心が温かくなる。

こんな彼が、満里奈を口説いてきた時の言葉を思い出す。

『ねぇ、マリー……逆戻りでも、別にいいと思う。ＪＳＡでパイロットやってる、俺にしときなよ』

よく響く彼の声がまざまざと蘇って、顔が赤くなりそうで大きく息を吐き出す。

「まりちゃんのこと、きちんとわかってくれてるんだね。仙川機長って」

「そう、かなぁ」

満里奈が笑って答えると、百合はうんうん、と頷く。

「いい人だなぁ、って思った。仙川機長とはどうなの？　なんか、ラブになりそうな雰囲気は？」

聞かれて、すでにそういう雰囲気にはなっているし、キスはしたけれど、とは言えなかった。いくら百合でもさすがにまだ口にするのは早い。

「いや、そんなことは……」

満里奈が口ごもりながらそう言うと、さらに百合は続けた。

「私、まりちゃんと仙川機長、美男美女でお似合いだと思う。少なからず、まりちゃんのこと思ってそうだし……最初は秘密の恋にして、石井さんみたいに結婚ってなってもいいんじゃない?」

深夜なので誰もいないが、まだＪＳＡを一歩出たというところでする話じゃない。誰がいるかわからない。矢口にでも聞かれたら大変なことだ。

「百合、ちょっとそれは……ここまだ会社だから」

「そうだね！　ごめん！　まりちゃんどうする？　明日休みなら、ウチに泊まっていっていいよ？朝、マスクして帰ればメイクもなしでいいじゃない」

先ほどの話と打って変わり、とても魅力的な提案だが、満里奈は首を横に振った。

「大丈夫。早く帰って寝たいし。ありがとね」

百合は微妙な顔をしたが、すぐに笑顔になり頷いた。

「うん、わかった。じゃあ、無理しないでね！　私、反対方向だから」

「お疲れ、百合。またね」

手を振って別れ、彼女に背を向けて歩き出す。

早く住む場所を見つけねば、と思ったところでスマホの着信音が鳴る。メールかな、と思ってバッグからスマホを取り出すと、仙川からのメッセージだった。

『仕事終わった?　よかったら、会ってくれないかな?』

仙川のことを話していた直後だったので、ドキッとする。胸の鼓動がみるみる高まっていく。

連絡すると言っていたけど、本当にしてくれるとは思わなかった。仙川は満里奈に会いたいのだろうか？　それともこの前の続きをしたいということ？

「会ってどうするの……私は帰らなきゃなのに……」

でもあの憂鬱な家に帰らなくてもいいのかも？　という考えが頭をよぎる。百合からの誘いは断ったのに、気持ちは仙川に揺らぐ。

返事に悩んでいると、またメッセージが送られてくる。

『実は駐車場に来てる』

それを見て目を見開き、満里奈はすぐさま駐車場へと足を向けていた。そこにもう迷いはなかった。

明日休みだとしても、泊まる用意なんて全くしていない。泊まる前提なのかと内心突っ込みを入れながら、彼の待つ駐車場へと向かった。

仙川の車は目立つから、すぐにわかった。彼もまた満里奈が来たのがわかったようで、手を振る仕草をしているのが見える。

彼のもとへと行き、満里奈は車の助手席のドアを開けた。

「駐車場に来てるなんて言われたら、行かないなんて言えなくないですか？」

ドキドキする気持ちをさとられないように、満里奈がムスッとした声で言うと、仙川は笑みを浮かべながらそうだね、と言った。

「来てくれると思ってたよ、マリー」

まるで逸る満里奈の気持ちを見透かされたようで、一瞬手を止めてドアを開けたまま車に乗らないでいると、仙川は笑みを苦笑に変え、車を降りて助手席側へやってくる。

そして唇を尖らせている満里奈の顔を覗き込んで、優しい微笑みを浮かべて言った。

「乗ってくれないの？」

「……家に送ってくれるんですか？」

仙川は考え込むように目線を上に向けてから、満里奈の頰に手を寄せた。大きな手に頰を包み込まれ、満里奈は何度も瞬きをする。

「顔小さいよね……前もキスしながらそう思ったけど」

キス、と聞いて一気にボンッと顔が熱くなった。きっと赤くなっている。

「えっと……今、そんな話してないですよね？」

満里奈が彼の手を軽く払うと、彼はなぜか無言で助手席のドアを閉め、満里奈はドアに背を預ける形になり腕の中に閉じ込められる。近すぎる距離にふわりと彼の匂いを感じて息をのむ。

見上げると彼の顔が近づいてきて、唇がすぐに触れ合った。

「……っ！」

薄暗い深夜の駐車場。誰に見られるかもわからない。車の中にも入っていないまま、満里奈は仙川と唇を交わしていた。彼の胸を少し押そうとしたが、すぐに力は抜けてしまった。

唇で下から掬い上げるように上を向かされ、頭が車の窓にコツンと当たる。唇を軽く食べるように、水音を立てて繰り返しキスをされ、開いた隙間から舌がゆっくりと侵入してくる。

「ふ……っん」

舌を絡められ、吸われたあと、さらに大きな水音を立てゆっくりと唇が離れる。体中に熱が巡り胸の高鳴りが止まらなかった。

はぁ、と熱い息を吐いた満里奈は仙川を見上げ、押し黙る。言いたいことが思いつかず、でも何か言いたくても言葉が出ない。

「ご飯、できてるよ」

耳元で吐息がかかるほどの距離でそう言って、仙川はにこりと笑った。魅力的な笑顔で、こういう顔を向けられたかった人は今までたくさんいるだろう。

頬を赤らめてうつむく満里奈をよそに、仙川は通常通りらしい。

「今日急にコーンご飯食べたくなって、缶詰のコーン買いに行ったんだ。コンソメとバターで味付けしてて、結構美味しくできた。あとは、豆腐入り中華味野菜炒め、フリーズドライの味噌汁になるけど……どう？」

大人なキスのあとに平然とこんなことを言う仙川は、やっぱり大人だ。

満里奈は仙川の料理メニューを聞いても、押し黙ったままでいた。彼はちょっとだけ困った表情をして、横髪を軽くかき上げる。

帰ったって何もないし、シャワーだって夜遅い理由で遠慮しながら浴びなければならない。

本来の家族ってこうだろうか？　遅くなって帰ってきたら心配されるはずだし、ちゃんと入浴してから寝るようにと小言みたいなことを言われるのではないだろうか。

住んでいる家に帰っても、連絡がなかったらご飯も用意してもらえない。家族の団欒に満里奈一人がいないことに、何も感じない人たち。

もっと家族として、娘として大事にしてほしい気持ちがある。特に母には、変に意地悪なことを言わず優しくしてほしいと思う。

住む場所って、いったい何だろう、と満里奈はいつも考えてしまう。もっと温かい場所が良いのに、今の住む場所はそうじゃないのだ。

「……っ！」

満里奈は言葉を発さないまま、涙を流してしまっていた。

「え……なんで泣くの？　どうした、マリー」

仙川が慌てだし、困惑した顔で指先を伸ばして満里奈の涙を拭う。

「仙川さんの家、行きます」

溢れ出る涙に瞬きをして、小さな声で言う。

「仙川さんの家に行ったらメイク落として髪の毛解いて、シャワー浴びてご飯にしてもいいですか？　その前にコンビニで下着買って、メイク落としも買って、あの沼みたいなソファーでゆっくり眠りたいです」

仙川は困惑顔を苦笑に変えた。

「沼みたいなソファーって！　もちろん、姫の仰せの通りに、コンビニに行って、シャワーもご飯も寝床も準備いたします」

満里奈が笑顔を向けると、彼は頭を撫で、それから小さくキスをした。

「とりあえず、馬車代わりの車にでも乗ってください、満里奈姫」

「姫は余計です！」

「はいはい」

仙川は満里奈に乗車するように促した。車に乗り込むと、ドアを閉めてくれた。

彼も車に乗り込み、エンジンをかけ、ステアリングに手を添える。

「家に帰りたくなかったんです」

満里奈がポツリと言うと、彼は頷いた。

「そうなんだ。いいタイミングだったね」

特に理由は聞かず、それだけだった。理由を聞かれないことがありがたく、十四歳離れた大人な分察してくれたのだと思う。

「いいタイミングすぎて……びっくりです」

「そうかな？」

「そうです。ありがたくて……」

仙川の目を見て微笑むと、彼は少しだけ下を見てから満里奈の目を見つめた。

「キスしていい？」

彼の言葉に、一気に満里奈の心はうるさく騒ぐ。

「そんなの聞かないでいいから、雰囲気でやってくださいよ」

「雰囲気作るの苦手」

苦笑したあと、彼は身を乗り出し満里奈に身体を近づける。

「とりあえず、同意を得たから遠慮なく」

仙川の手が満里奈の耳元を覆い、ほんの少し引き寄せる。彼が顔を少しだけ傾け、唇が重なってくる。

小さくチュ、と音を立てた。それが満里奈の胸を再び熱くさせた。

彼の唇の柔らかさ、体温、そしてゆっくりと入ってくる舌先が軽く上顎に触れた時、唇を交わしたまま小さく声を上げてしまう。

「ぁ……んっ」

静かな車内で聞こえるのは、二人の息遣いだけだった。混じり合った吐息が官能を刺激する。まるで興奮しているようで恥ずかしさが込み上げてくる。

吸い上げられたり、ゆっくりと食まれるようにされたり、先ほどより長い間キスが続く。

「ん……っ」

また音を立てて唇が離れていく時、濡れた唇が少しだけ糸を引いて。深いキスはこうなるのだとわかっていたけど想像していたよりもずっと生々しかった。

「もっとしたいけど、帰らないとね……今はここまで」

仙川がそう言って満里奈の頬に軽くキスをする。

全然嫌じゃなくて、仙川がもっとしたいならもっとしていてもいい、と思った。

ブレーキを解除し、車を運転する彼の横顔を見て、満里奈は気持ちを確信する。
ああ、この人が好きだ、と。

8

『あの沼みたいなソファーでゆっくり眠りたいです』

『家に帰りたくなかったんです』

思い出してみれば満里奈は仙川に大胆なことを言ってしまっていた。

約束通りコンビニに寄ってくれたので、泊まる体で下着とクレンジングを手にした。しかもこのコンビニは某メーカーの化粧水も売っていたので、乳液とともに手に取った。

彼の車に乗ったら安心したし、好きだと自覚した。イケメン中のイケメンだし、パイロットだし、仕事を頑張ると決めた以上恋は遠慮した方がいいのだが、もう自分に嘘はつけなかった。

「家に帰りたくない、って……私ってば」

大胆なことを言ったと恥ずかしくなる。小声で独り言を言っていると、後ろから肩をポン、と叩かれた。

「買わないの？」

仙川が後ろに立っていた。彼を見上げ、ふと気づくと、コンビニのスタッフの女性と買い物に来ていた女性がこちらを見ている。

深夜なのでコンビニ客は満里奈たちとその女性だけだが、女性二人が仙川を見ていることに、なんだか納得した。

背が高くてスタイル良くて、顔も良いのだから目がいってしまうのはわかる。なんてことない、スリムパンツとシャツと上着、そして黒のスニーカーというシンプルな姿がきまっていて素敵だ。

「マリー？」

「あ、買いますよ！　ちょっと考え事してて」

「俺も買うものあるし、一緒に払うよ」

そう言って満里奈が手にしていた物に仙川が手を伸ばしてきたが、ハッとして首を振る。彼に女性ものの下着を買わせるわけにはいかない。

「自分で！　買います！」

慌てて見上げて言うと、仙川は気にしない様子でにこりと笑って頷いた。

「わかりました」

あっさりと引いた彼は先にレジへ向かい、炭酸水を二本買った。満里奈は自分の手にしている物を再確認して、レジへと持っていき精算する。

仙川は満里奈が買い終わるのを待っていて、一緒にコンビニを出た。歯ブラシは会社で使うものがバッグの中に入っているので、それを使おうと思いながら車に乗り込む。

「何か考え込んでた？」

「考えてましたよ？　なんでこんなのを買おうとしてるんだ、って」

ビニール袋に入っているお泊まりセットを見る。そもそも、今のところ付き合ってもいない、友達でもない年上の異性の家に、泊まる体で行くのは何なのか。これでは準備万端だ。

まるで何かされてもいいような、そんな風に取られても仕方がない。

「俺の家に泊まるんだと思ってたけど、違ったの？」

「……そう、ですけど……私たちふんわりした関係じゃないですか」

ふんわりした関係で付き合ってとも仙川から言われていないのだ。

どうしてもキスのその先を考えてしまう。家に帰りたくないと言った時点で、仙川を誘っているようなものだ。

「まぁ、とりあえず、ご飯でお腹いっぱいになろうよ」

仙川はのんびりとそう言ってコンビニの駐車場から車を発進させる。

好きな人がご飯を作ってくれて、好きな人の車に乗り、好きな人の家へ向かっている。

お腹いっぱいになったその先に待っているのは、と一人でお腹ではなく頭をいっぱいにしてしまう。

彼は大人だからこうやって余裕で運転しているのが悔しいと思いながらも、自分みたいな年齢の女は敵わないのだと勝手に思うことにする。

☆ ☆ ☆

彼の家に入ったら、なんだか香ばしいいい匂いがした。

ご飯を作ったというのは本当だったらしく、満里奈は急激にお腹が空いているのを自覚する。

「お腹が鳴りそう」

満里奈が思わずそう言うと、苦笑して頭を撫でられる。

「すぐ用意できるよ」

先に家に上がったのを追いかけるように満里奈も靴を脱ぎ、彼の背中に声をかけた。

「仙川さん。私、髪の毛崩したいんですけど……洗面所教えてください」

「ああ、了解、こっちだよ」

彼の後ろをついて行くが、結構奥だった。本当に仙川の家は広い。

着いた先のバスルームはかなり広かった。まるで外国映画に出てくるバスルームだ。

左側には広々としたランドリールームがあって、ＪＳＡのシャツが干してあった。

「ヘアピンで留めてるの？」

洗面台に向き合って髪を崩し始めると、それをまじまじと見ていた彼が満里奈のシニヨンに触れる。

「えっと、主にUピンですけど、ヘアスプレーもしてるし。石井先輩は時々夜会巻きしてるんですけど、私不器用で……」

満里奈ができないんです、と言おうとする前に仙川が解いた髪に触れ、撫でられた。

「いつもシニヨンだけど、下ろしてるのもいいね、マリー」

鏡に映る姿はシニヨンの癖がついてグチャグチャだ。なのに彼は「いい」と言う。

「それにさ、髪下ろした瞬間、シャンプーのいい匂いがした」

「……そ、そうですか？」

「こういうの初めてだなぁ、ドキドキする」

満里奈がパチパチ瞬きをすると、彼は満里奈の髪を指にくるくると巻きつけ、顔を近づける。

「うん、やっぱりいい匂い……シャンプーは何を使ってるの？」

仙川と会う時は仕事のあとなのでいつも髪をまとめていた。こんな風に無防備な姿を彼に見せて、すぐ真後ろに密着するように彼がいると思うと、急に緊張してくる。首筋に顔を近づけられ、吐息まで感じそうでドキリとする。

「ふ、普通の、市販のもの、ですけど」

「そっか……」

満里奈の髪から手を離し、彼は頬を撫でる。

「キッチンに行こうか。ご飯食べよう」

「はい」

素直に返事をして、バスルームをあとにする。

なんだかこの前まで反発したり普通に話したりしていたというのに、変に仙川を男と意識してしまい、ドキドキしっぱなしだ。

キッチンに行くと彼が炊飯器を開け、ご飯を出してくれた。本当にコーン入りご飯で、しかも雑穀も入っている。次に野菜炒めが出てきて、それから味噌汁が出てきた。

「仙川さんの方が、女子力高いですよね」

満里奈はこんな風にご飯を作ることなんてない。そもそも、料理は苦手だ。全く作れないことはないが、簡単な料理しか今のところ無理。

「いやいや、ウチの母親がさ、男が家事できないのは今の時代だめだって、兄弟で仕込まれちゃって。確かにできた方がいいし、良かったとは思うけど。マリーはどう？」

「私は……簡単なのしかできませんよ」

お腹が空いていたので、真っ先にコーンご飯を口に入れた。とても美味しくて、何杯もお代わりしたくなりそうだ。豆腐入りの野菜炒めは全然水っぽくなくてシャキシャキしていて美味しい。フリーズドライだと言っていた味噌汁も具材が多く、パクパク食べてしまう。

「よっぽどお腹が空いてたんだね」

「だって、どうせ家に帰っても何もないし。遅番の日は連絡がなかったら私の分は作ってないんです。お弁当はお願いして、毎日持たせてもらってるけど……お母さんのお弁当最高、って口で言いながら、本心は……」

家のことを思い出すと自然と声が暗くなる。

愚痴みたいな言葉を言った自分にハッとし、満里奈は口を噤んだ。

「どうした？」

「いや、今の愚痴みたいでしたよね？　ごめんなさい」

「別に愚痴っぽくなかったよ。マリーには家に帰りたくない理由があるの、なんとなくわかってるし、それに一人暮らししたいって言ってたもんね」

そうなのだ。そこへ、仙川が現れたのだ。しっかり自分を見つめて仕事をしようと思っていた。

「仙川さん、御曹司みたいな感じじゃないですか。それにパイロットで、こんなに広いマンションに住んでいて……私はもう少しきちんと仕事をして、頑張って独り暮らしを、って思ってたのに……こういう、後出しみたいな、また私を引き戻すような感じ、やめてほしいです」

ブスッとしてしまうのはしょうがない。仙川のことはパイロットだから好きになったわけではないが、結局は森と同じような人、というのがダメな気がする。

おまけにパイロット以外の収入もあって、将来は安泰だ。優しいし、容姿も抜群なんて、以前の満里奈の理想そのものではないか。

「パイロットと結婚して、仕事を辞めて専業主婦に？　って話？」

「私をまるで、試してる感じがします。どうせ、掃除はできても料理は下手だし、専業主婦は無理だし。でも、私の好きな人は、資産持ちだし、パイロットだし……前の私に引き戻されてる気がします」

「マリー、俺のこと好きなんだ？」

はっとして赤くなった顔を上げる。目の前の仙川は嬉しそうな表情で見つめていた。途端に顔がますます赤くなる。

「それは、そうです……でも、仙川さんもどうせ、私のこと少なからず思ってるじゃないですか」

恥ずかしさを誤魔化したくて、つい仙川に突っかかってしまう。

「そうだね」

サラッと言って、大人はこれだから、と満里奈は下唇を噛んだ。

「これじゃ石井先輩と一緒だなぁ、って思ってしまって……」

仙川は首を傾げた。は？　とでも言いそうだ。

「何の話？　話飛ぶよね、マリー」

「だから、今度は私が秘密の社内恋愛をするっていう話ですよ」

仙川は最初から満里奈に優しかった。わがままも散々言ったし、振り回しもしたと思う。それでも彼は受け入れてくれた。心が動かない方がおかしいと思う。

好きと気づいてしまったら、もうずっと一緒にいたいという気持ちが膨らんでいく。しかし、仙川自身はどうなのだろう？　寿々とのこともあったから、社内恋愛はかなり面倒だと知っている。

「それはさぁ、俺をマリーの彼氏にしてもらえるってこと？」

カウンターに肘をつき、手の上に顔を乗せた彼が、満里奈と視線を合わせてそう言った。社内恋愛を仙川とするということは、彼の恋人になるということだ。

「あ……えっと」

自分では何も言わず、満里奈に喋らせてばかりの仙川はずるい。これが十四歳の差なのか？

「どうなの？　マリー？」

下を向くと、味噌汁があと少し残っていて、食べなければと思った。これだけ残すのは忍びなく、出されたものはきちんと食べないといけない。

そして言ったことは、きちんと答えなければならない。

黙り込んでいると、仙川が身を乗り出し、身体を近づけてくる。腕を伸ばし、スッと優しく頬を包み込みながら顔を上げさせられた。

「私、ちょっと重たいかもしれません、古風なんで……付き合うイコール結婚って考えちゃうし、仙川さんがそれが嫌なら、無理だし」

語尾が小さくなっていくのはらしくない。満里奈はきちんと言いたいことを言えるはずなのだ。

「わかった……俺を君の彼氏にしてよ。結婚前提のお付き合い、しよう」

驚いて目を見張ると、微笑んだ彼が満里奈に顔を近づけ、触れるだけのキスをする。

「だからマリーも、俺の彼女。いいかな？」

いいかな、と軽く聞かれて、満里奈の眉間に皺が寄った。満里奈は仙川から決定的な言葉を聞いていない。

「仙川さん、私に好きって言ってない！」

「あれ、そうだっけ？」

焦ったような顔をした彼に、しっかりと頷いてみせた。そうすると、仙川は満里奈の両手を取った。

「木下満里奈さんが好きです。これから結婚を前提にお付き合いをしてください」

仙川がこんなに真面目に、正式に付き合いを申し込む言葉を言う人とは思わなかった。でも、本当の彼は、真面目で優しいのだとわかっている。じわじわと嬉しさが込み上げてきた。頬も熱い。

「よ、よろしくお願いします！」

この返事で合っているのかと不安になったが、しかし付き合ってほしいと言われたのだから、これでいいのだと思う。

こんな風に男女は付き合うのか、初めてなのでよくわからないが、年上の仙川でよかったと思う。きっとこんなにワガママ言ったり愚痴言ったりするような、面倒くさい女子と付き合ってくれるのは仙川だけだ。

「ご飯、もういいならシャワー浴びておいで。タオルは棚にあるのを使っていいし、適当にシャツと短パン出しておくよ」

頭をよしよししてから、彼は手を離した。

「寝るところは、沼みたいなソファーと俺のベッド、どっちでもいいよ？」

「え？」

意味がわからず目を瞬かせる。仙川はにこりと笑って、満里奈の手を再度取り、軽く引いて立たせる。

「ベッドで寝た方が健全だと思うけど」

「そ、それは、そうですが！」

一緒に寝てどうするのかちょっと想像はつくけれど、さっき付き合うと言ったばかり。

「おやすみなさい、って寝るだけなんだけど、もしかしてマリーはその先も想像した？」

クスッと笑った彼に、カーッと顔が熱くなる。

「想像しちゃ悪いですか！」

仙川はただ笑い、首を横に振った。

「俺は想像したけどね」

微笑みながら言う仙川は大人だ。ならば小娘は開き直って正直に気持ちを話すしかない。

「勢いですることではないと思いますが、仙川さんだったらいいかな、って。好きな人だし、優しいし、大人だから慣れてそう」

仙川は大きくため息をついて、満里奈の頬を軽く引っ張った。

「大人だから慣れてそう、は余計でしょ？　でも可愛い君に夢中になって無理させないように気をつけるつもり」

かっこいい男はこちらが真っ赤になるような生々しいことをさらっと言うらしい。それがまた仙川には似合っていて、満里奈は何も言えなかった。強がってみせても、こうなっては観念するしかない。

「シャワー浴びてきますね。仙川さん、お風呂済んでますよね？　車に乗った時、お風呂上がりっぽい匂いがしたし。部屋、どこに行ったらいいですか？」

仙川はしばらく押し黙っていたが、今度もまた深いため息を吐き出し、頭をかいた。

「左側の廊下を突きあたったところ。楕円形のステンドグラスが目印……っていうか、本当にいいの？　一度始まったらやめられない自信あるけど」

そう言って満里奈を見る目が、なんだか違って見えた。今までの優しい目ではなくて、熱くて欲しがっている男の目だ。満里奈は素直に気持ちを口にした。

「付き合ったらいずれ、そういうのしますよね？……私、仙川さんと、そういうこと、したい」

「じゃあ、用意して部屋で待ってるね」

髪を軽く撫でられ、彼は満里奈の横を通り過ぎ、左側の廊下へと行ってしまった。

☆☆☆

シャワーを終えると棚に置かれていた着替えを手に取る。

「やっぱり仙川さんの、大きいよね……」

このブカブカのTシャツとハーフパンツだけでも、いかにも彼氏の家に泊まりに来たという感じで、ドキドキする。

肌の手入れをしてからバッグを持ち上げ、ステンドグラスのあるドアへ向かう。中はすでに暗く、一応ノックしてからそっと入る。

仙川は本を読んでいた。ベッドの手元だけ照明をつけて、部屋の電気は消してあった。けれど長方形の窓から月明かりが部屋を照らし、ほんのり明るい。

「マリー」

仙川の近くまで行くと彼は微笑み、左手でベッドを二回軽く叩く。そこはスペースが空けてあり、ベッドは一人で寝るには大きなベッドだった。

仙川は先ほどの服から、ルームウエアに着替えたらしくシャツとパンツだった。

満里奈が彼の左側へ行き、ベッドに乗って座ると、ジッと見つめられてドキッとする。

「俺のシャツ大きかったね……マリー、君って、華奢だなぁ」

そう言って彼は本を閉じてサイドチェストに置き、満里奈のシャツの袖口に手を入れ、腕に触れた。

「男の人のシャツだから大きいですよ。それに仙川さん、背も高いわけだし」

「そうだよね。女の子に俺の服着せたことなんてないから」

そう言って満里奈の腕を引き寄せる。その弾みで、満里奈の髪が肩から流れ落ちた。

「好きな子に自分のシャツ着せた時ドキドキするの、今ならわかるなぁ……そういうのバカにしてたのに」

微笑む彼は満里奈の髪に触れた。優しい手付きで髪を弄ぶ。

手の甲で頬に触れられると、ドキドキがいっそう酷くなる。なんだか息苦しいとさえ感じるが彼の手は温かく、とても心地よかった。

満里奈はベッドの感触を確かめるように撫で、心臓が高鳴りすぎているのを落ち着かせようと口を開く。

「ベッドのサイズ、大きいですね」

「クイーンサイズ。広いベッドが好きでね」

彼がライトを消すと、月明かりだけがベッドを優しく照らしていた。

夜のとばりが下りた部屋のほんのりと明るい雰囲気は、どうにも恋人同士の時間を演出する。

満里奈はますます緊張してきた。これからの時間は、仙川と過ごす大人の時間だ。

「この部屋……完全に暗くならないんですね」

「そうだね。これが気に入ってるけど、マリーは気になる？」

微笑んだ仙川の顔も月明かりが絶妙に照らしていて、陰影が綺麗だ。

「裸になるから、ですかね？」

「君ってそうやっていつも正直に答えるよね……そこも好きだけどさ。まぁ、気になっても全部が見えるわけではないし……月のせいで明るいのはしょうがないから」

クスッと笑った仙川は満里奈の後頭部に手をやって引き寄せ、キスをした。そのまま彼が圧しかかってきて、ゆっくりと身体を横たえられる。

小さなキスを繰り返され、首筋を彼の大きな手が優しく撫でてくる。

仙川がこれ以上ないくらい近くにいる気がして、満里奈の心臓が最高潮に波打ち始めた。

「心臓の音、すごいね……俺も緊張しそう」

身体を密着させているので、胸の高鳴りが伝わってしまう。彼の温かい体温が気持ちよかった。

恥ずかしくて両手で顔を覆い隠すと、彼が苦笑するのがわかった。

「しょうがないじゃないですか……私は……初めてなんです。今から初めて男の人に全部晒すっていうのに、ドキドキして何が悪いんですか……」

彼が軽く耳元で笑い、耳の後ろあたりにキスをした。

「そりゃそうだ」

耳の一番近くで擽るように言われ、少しだけ息を詰めた。

「そうですよ……わかってるじゃないですか」

言い終えてゆっくりと息を吐いて心臓を落ち着かせる。

「まぁ、君と違って俺はだいぶ大人だから……と言っても、俺も緊張しているけど」

そう言って、顔を隠している満里奈の腕を解き、ベッドに押しつけた。まるで縫い留めるように。

すぐ目の前には優しく微笑む仙川の顔があった。二人の視線が絡み合う。

「目を閉じて、マリー」

満里奈は大きく呼吸をしてから目を閉じた。

「好きだ、満里奈」

耳元で囁くように言われ、身体がビクリと反応する。初めて「満里奈」と呼んだその声は、いつもの仙川の声と違って、少し熱を帯びているような気がした。

「このまま身を任せてくれる？」

よく響く低い声に、心が震える。満里奈は目を閉じたまま小さく頷いた。

「前も言った通り、やめてって言ってもやめないからね」

満里奈がそっと目を開けると、仙川の手が目蓋に触れた。

それから彼が顔を近づけてきて、満里奈の唇に自分の唇を合わせる。

「ん……っ」

すぐに舌が絡まり合い、満里奈の口腔内は仙川で支配される。けれどそれは嫌ではなく、むしろ舌が蕩けて一つになる感じさえした。

「息ができない……っ！」

満里奈はキスを自分から解くと、仙川を見上げた。

「鼻ですればいいよ。あとは唇をずらした隙間に、ね」

そう言って、また彼は唇を合わせ、深いキスをする。ゆっくりと味わうような官能的なキスだった。

いつの間にか大きな手がTシャツの中に入ってきて、満里奈のさほど大きくない胸を揉み上げた。ブラジャーは着けてこなかった。

温かい手がゆっくりと乳房を揺らすように触れ、その先端を軽く摘まれる。その瞬間電流が走るように身体が痺れた。

「あ……っん！」

自分でもびっくりするような声が出て、思わずうろたえる。

「あ……声……っ」

「可愛い声出たね。我慢しないで、声出していいから」

仙川は余裕だった。Tシャツを捲り上げられて外気が肌を撫で、彼の目の前に満里奈の裸の胸が晒される。

濡れた柔らかいものが満里奈の胸の尖りを覆う。視覚からそれが唇だとわかり、キュッと吸われるとお腹がものすごく変な感じで。

「……っは！」

ビクリと体を縮めると、ハーフパンツに仙川の手がかかる。中に入ってきた手は、下着と一緒に脱がせるために下がっていく。

膝のあたりまで引き下げられ、満里奈は恥ずかしさでいっぱいだった。

初めて裸体を男性に晒すことに、羞恥心で肌が赤く染まっていく。

「は、はずかしい……っ」

本音を口にすると、仙川が乳房を食んだあと、手で満里奈の首筋に触れながら頬を包む。その間にもう片方の手は、満里奈の下半身を完全に裸にしてしまう。

「うん。綺麗だ、マリー」

優しく笑うように言って頬にキスをしたあと、仙川が身体を起こし、Tシャツを脱ぎ始めた。

彼の上半身はほど良い筋肉が乗っていて、細身ながら肩回りがしっかり盛り上がった、男の身体だった。下半身に目をやるとスウェットの布地を押し上げているものが目に入る。

わかってはいても、少し怖くなってしまう。最初は痛い、という話がどうしても気になってしまう。

「あんまり、痛く、しないでください」

顔を横に向けてキュッと目を閉じると、仙川は頬を撫でながら満里奈の顔を正面に向ける。

「可愛いな、マリー」

「……顔ですか？」

「じゃなくて」

仙川は満里奈の言葉に小首を傾げて苦笑し、優しい目で満里奈を見る。

「全部だよ。全身なんとなく赤く染まって、色白で肌も綺麗で……胸は上向きで可愛い」

そう仙川は言って、再度満里奈に覆い被さってくる。褒められたと喜ぶような余裕は一切ない。

彼の胸板と満里奈の胸が合わさったかと思ったら、横に向けられ仙川の顔が間近にあった。

「今からできるだけ痛くないように、君に触るからね、満里奈」

軽く唇にキスをされ、満里奈は一度キュッと唇を閉じ、彼をキッと見上げる。

「触る、って……もうだいぶ、触ってます！」

「もっとだよ。触ってないところ、まだあるでしょ？」

そう言って満里奈の唇にキスを落とすと、顎先に軽く歯を当て、首筋へと仙川の唇が這っていく。

彼の髪が肌の上を滑り、少しくすぐったさを感じるが、それより身体の奥底から湧き上がる熱をどうにかしたかった。

「あ……せん、かわ、さ……っ」

胸への愛撫が再度始まり、両胸を揉み上げながら彼の舌先が先端の尖りを転がす。乳房の側面を吸われたかと思うと、彼の頭はさらに下りていき、臍の横へとキスをした。

どんどん下に下がっていくのを感じ、なんとなくされる行為を想像する。しかしそうかと思うと、仙川は伸び上がって満里奈の首筋に顔を埋めた。

「肌、いい匂いする」

それはボディーシャンプーではないかと思う。そう言おうとしたら、多分考えているのと違うよ、と仙川が言った。

「なんだか甘い感じ。満里奈の匂い、好きだな」

自分の匂いだなんて、考えたことはなかった。それを言うなら、身体を密着させている仙川の匂いだっていい匂いだし、満里奈は好きだ。きっとこれは、肌を合わせないとわからないものなのだろう。

彼の手は満里奈の腹部に触れ、足の付け根に行きついた。満里奈の足を少し開かせ、誰にも触らせたことがない場所に仙川の指が触れた。

「あ……っは」

両足の間を指先が撫で、満里奈は腰を揺らして唇を噛んだ。

その指は撫でたかと思うと、満里奈の奥深くを目指し身体の中に入ってくる。変な水音が出て、さらに腰が揺れた。

「痛くない?」

小さく何度も頷くと、彼はフッと笑ってさらに奥へと指を進めてくる。

「んっあ……っ」

指が何度も出入りするようになり、またその質量が増えると、少しきつくなってきて時折鈍く痛みが走った。

「いた……い」

「すごく痛い？」

「そんなこと、ない、けど……っあ、それ……っ」

奥の方を指先で押されると、ビクリと身体が反応する。

仙川の指が入っている場所がしっとりと濡れているのが自分でもわかる。なんだか変に反応してしまうのは、満里奈が感じているということだ。

それがわかるとますます身体が熱くなって、得も言われぬ心地よさが全身を駆け巡った。

「あ……っ」

自分でも変に甘い声で言った気がした。それも恥ずかしくて、目をキュッと閉じると仙川が満里奈の頬に自分の頬を摺り寄せた。

「そんな甘い声出すと、もう入れたくて、堪らなくなる」

彼の声は少しかすれていた。まるで何かに堪えるような苦しげな声音で、ゆっくりと息を吐き出した。満里奈もすでに息が上がっていて、胸が大きく波打つ。腰はどうしようもなくさっきから揺れてしまっている。

先ほど満里奈がビクリと反応した部分をグリッと押され、濡れた音が強くなる。

たっぷり濡れているのがわかって、恥ずかしさに思わず彼の後頭部に触れ、髪を少し引っ張った。

「どうしたの？」

「内腿が濡れてて……っあ！」

こんなに濡れるなんて、おかしくないだろうか。不安になってしまう。

顔を上げた仙川が混乱している満里奈の様子を見てクスッと笑った。それから指を引き抜いて、満里奈の膝に触れる。

身体を起こした彼は、濡れて光っている人差し指を唇に当て、ペロリと舐めた。

「感じてくれて嬉しいな。濡れてるのは、マリーが俺を欲しがってるから」

そう言いながら、さらにペロリと舐めたのを見て、満里奈は思わず近くにあった上掛けの布団を引っ張って、自分の身体と顔を隠す。

仙川はとても色っぽく、煽情的だった。うっすら汗ばんだ肌を晒し、欲を秘めた情熱的な目は、どうしようもなく満里奈を欲しいと訴えていた。

大人の色香をまとい、すべてを晒す姿は、普段の仙川と全く違っていた。満里奈に綺麗だと言うが、仙川だってすごく綺麗だ。

顔を覆っていた布団を彼に引っ張られる。

「あ……っ」

満里奈の顔が露わになると、すぐに仙川が唇を重ねてきた。

「ふ……っあ」

角度を変えて何度もキスを繰り返す。彼の手は満里奈の後頭部をぐっと押さえ、満里奈は翻弄されるばかりだった。唇をずらした合間に息をすると、舌が口腔内へ入り込んできて、満里奈の舌を絡め取られた。上唇、下唇の順に吸われ、舌先も同じようにされて、巻きついた舌が水音を立て、いっそう満里奈の心臓は大きく脈打つ。

「……っは」

舌が蕩けてなくなりそうな感覚に陥る。キスだけで、満里奈の下半身も疼き、自然と足をすり合わせていた。

ゆっくりと舌を食むようにしながら、ようやく彼の唇が離れた時、大きく肺に空気を入れ、胸を忙しなく上下させる。

薄闇の中、仙川の唇は濡れて光り、その姿を見るだけで、満里奈はもっとこの人のこういうところを見たいと思ってしまった。

「顔隠さないでよ」

「だって……ぁ」

仙川が再び満里奈の秘めた場所に指を這わせた。今度は先ほどよりもスムーズに動いているのがわかった。

キスで濡れた唇を開き、声を出さずにはいられなかった。

唇を交わしただけで、こんなになるなんて知らなかった。甘い官能に満里奈は身を捩る。

「あ……っん！」

「甘い声だね、可愛いな……」

仙川は満里奈の布団を奪い、身体を正面に向け、自らのスウェットを下着とともにずらす。

「……っ」

息を詰めたのは彼の下半身のアレを見たから。瞬きをしてジッと見る満里奈に彼はクスッと笑い、ベッドヘッドの方へ手を伸ばす。そこから四角のパッケージを取り出した。

「あの……痛く、ない？」

「痛くない約束はできないなぁ」

手際よく避妊のアレを着けるのを見て、手慣れているのが大人だと思う。しかし仙川の大きさを見て、いくら満里奈の繋がる部分がしっかり潤っているとはいえ、怖くなってしまう。

満里奈の足を割り、腰を入れてくるのを特に抵抗せずに見つめて目線を横に向ける。そうすると、彼は満里奈の乳房に触れ、その先端を指の腹で撫でた。

「……っなに？」

「好きだよ、満里奈」

唐突に言われ、彼と目を合わせて胸がいっぱいになる。マリーじゃなくて満里奈と呼ぶその声が、常になく真剣みを帯びていた。

仙川は満里奈から目を逸らさなかった。お互い視線を絡ませ合ううち、彼のモノの先端が身体の隙間の入り口に当たるのを感じた。

次の瞬間、彼は喘ぐ満里奈の唇を塞いだ。その隙に、中に十分な硬さと質量を持った仙川自身が押し入ってくる。

「……っ！　……っあぁ！」

両方を攻められ、思わず彼の背にしがみつき、軽く爪を立てる。もう片方の手は上掛けの布団を握り締めていた。

じわりとどこまでも奥へ入ってくるのを感じ、痛みから思わず顔を横に向けようとした。

「もう、これ以上……っ、痛くて、入らない！」

「全部入ったけど？」

余裕そうに言った言葉に知らずに閉じていた目を開けると、彼は大きく肩を上下させ息を吐いた。

そして何かに堪えるように苦しそうな顔をしていた。

けれど、色香を漂わせる仙川はとても官能的で、ゾクリとしてしまう。しばし、薄暗い寝室に二人の荒い息遣いだけが響く。

「狭いなぁ……入れた途端にイキそうだった」

そう言って仙川が軽く身じろぎすると、身体の中に彼の存在と形を感じる。

「あ……っ」

身体が繋がったんだというのを思い知らされ、自分は仙川のものになったことを知った。

満里奈の頬に手を伸ばした彼は微笑んだ。

「大丈夫？」

優しく聞いてくれるその声音に、満里奈は涙が出そうになった。

こくこくと小さく何度か頷くと、彼は少し腰を動かした。本当に少し引いて動かしただけなのに、先ほど指で押されたような、お腹が疼くような感覚が全身を支配していく。

次第に下腹部から痛みだけではない気持ちよさが全身を巡り、腰が知らずに揺れる。

「はっ……あ、や、めてください……っなんか、身体が……」

「それって感じてるんだよ……痛さだけじゃないなら、ゆっくり動いてもいいね」

仙川は満里奈の身体を下から揺すり上げた。何度もそうされ、満里奈はそのたびにつま先をキュッと曲げ、ドクドクするような感覚をやり過ごすしかない。

けれど、仙川から何度も中を刺激されると余計にそれが高まって。

「あっ……っあ！」

自然と唇が開いて甘い声が出ていた。恥ずかしくて口を閉じると、彼の唇が満里奈の唇を覆う。舌を絡め取られると余計に苦しくて、狂おしい感覚が指先まで伝わる。

「可愛いな」

そう言って官能的なキスをしたあと、同じく優しい手付きで胸を揉み上げられる。

「は……っん」

温かい大きな手は乳房の尖りを指先でいじり、満里奈の首筋を撫でた。触られて感じて、そのたびに腰が揺れてしまう。

仙川は満里奈の全身を愛し、蕩けさせた。触れる指先からは優しさを感じる。彼はなんて柔らかく優しく女性を抱くのだろうと思った。

だからとても気持ちいい。けどそれを口にするのは恥ずかしい。やめてほしいと思うのに、もっと欲しいと求めてしまう、この感覚は何だろう。

「ダメ……やっ……あっ……あっん！」

「よさそうだね……俺も、イイよ」

こんなにも色っぽい表情を見せる仙川と快感を分かち合っていることに、胸がいっぱいになる。前髪が汗で張りつき、額から頬に汗が滴っているのが、どうにもこうにも色っぽく。

「い、痛いのに……どうして？　あ……っ」

すぎた快感にもう無理、これ以上は身体がおかしくなる、と満里奈は涙を滲ませて彼にしがみつく手に力を込めた。

「もう、どうにか、して……ねぇ、仙川さ……っ」

「わかったマリー、もっと、だね」

仙川は微笑んで返事をしてから満里奈の最奥を狙って下から突き上げた。満里奈の弱いところに当たる彼自身を、きっと締めつけていたと思う。

「あ……っあ！」

そうじゃない、と睨みつけたところで、彼からぐっと押し上げられ、満里奈は背を反らし快感を解放した。一瞬身体をこわばらせると、彼を抱き締める腕から力が抜ける。

だけど仙川は止まらなかった。満里奈の身体をまだ揺すり上げるから、余韻がすごく長引いて苦しくて。

「や……っ！　せん、かわさ……っ」

満里奈が達してもしばらくそうして腰を動かし、最奥に自身のモノを叩きつけ、強く満里奈を抱き締めた。

「……っ！」

呻くように小さく声を出したのを見て、仙川が達したのだと満里奈はわかった。

二人とも息が上がり、部屋に二人の荒い息遣いだけがしばし響き渡る。

そっと満里奈が見上げると彼と目が合った。その瞬間、温かい気持ちが胸いっぱいに広がった。

この人が好きだと改めて思う。

仙川はふっと柔らかく微笑んでから顔を近づけてキスをし、もう片方の手で額の汗を軽く拭った。

「抜くね……」

仙川が満里奈の中に入っている自身をゆっくりと引き抜く。鳥肌が立つようなその感覚に、満里奈は身体を震わせた。

「は……」

普段の余裕のある仙川しか知らなかったから、最中にはあんなに色っぽい顔をして、息を乱し、感じ入った表情をするとは思わなかった。

満里奈の知らなかった彼を見て、ものすごく興奮した。こんなの知ってしまったら、何度も思い出してしまいそう。今日のことをずっと想像しそうでなんだかコワイ。

満里奈はふと背を向けている彼に目をやった。背中の自然なくぼみや肩甲骨のあたりがなんだか、エロく感じる。

制服に身を包む彼はカッコよくて、立派なパイロット然としてとても素敵なのに、その服の下はこんなにもエロくなってしまうなんて。

足を閉じ、上掛けの布団を引っ張り、軽く身体を隠す。

『確かに喋り方は軽く聞こえるけど、私は柔らかいって思ってしまう。制服が似合ってて、素敵だよね、仙川機長って』

ものすごく真面目に見えるグランドスタッフの同期が、頬を染めて仙川を見ていたことを思い出す。

これから職場で仙川と会った時、どんな顔をすればいいのか、困りそうだ。

「下半身に目がいきそう」

「ん？　なんか言った？」

つい口から零れ出て、満里奈が慌てて首を横に振ると、彼はフッと微笑んでティッシュを数枚取って満里奈と同じように横になり、体を引き寄せた。

少し足を開かされたかと思うと、彼の手が満里奈の濡れた部分を覆う。

「……っん！」

ティッシュを当てられただけなのに、変な声が出てしまった。

「すごく濡れてた」

仙川の言葉に羞恥心が再燃するのと、濡れて何がいけないんだ、という気持ちがギュンと上がる。

「そんな……恥ずかしいこと言わないでください」

「いや、ここまで濡れると思わなくてさ」

「なんですかそれ！　酷い！」

思わず頬を膨らます。

エッチのあとというのは、甘い余韻とかあるんじゃないの、という気持ちは満里奈の中からこの時すっ飛んでしまったのだが。

「俺との行為でそうなってるのが嬉しい……どうしよう？　ハマるの怖いなぁ」

クスッと笑った彼は、満里奈を本当に愛おしそうに見るから、胸がキュンとなった。

満里奈を抱き寄せ、今度は額にキスをする。

「初めては痛い以外は、大丈夫だった？」

「それはもちろん、これからは……もっと、暗い、方が」

クスッと笑った彼は、満里奈に視線を合わせ、頬にかかる髪の毛を払ってくれた。

「それは約束できないなぁ……この部屋は、天気が悪くない限り、夜でもこの明るさだしね」

「でも、でも……これだとなんでも見えて……」

口にしながら、仙川に満里奈のすべてを見られたと思うと恥ずかしい。けれど、それが彼でよかったと思うのも事実だ。

「それは、俺も一緒でしょ？」

それはそうだが、と顔を赤くすると、彼は大きく息を吐き出し、目をこすった。

「……やばい、眠いなぁ……」

仕事明けだったことを思い出したところで、睫毛の長い目を閉じた仙川は満里奈の頭を撫でてからぐっと引き寄せてくる。肌同士が密着して再び彼のぬくもりを感じ、満里奈も目を閉じたくなってしまう。

「寝て、起きて、ご飯でも食べたら、送るよ」

「わかりました。私も、眠くなりました」

満里奈がそう言うと、彼は目を閉じたまま微笑む。

「じゃあ、ちょっと寝ようか、マリー」

彼は薄く目を開けて上掛けの布団をしっかり満里奈にかけて、軽い口づけを落とした。

「好きだよマリー、おやすみ」

「おやすみなさい、仙川さん」

もう一度目を閉じた仙川はすぐに寝息を立てた。満里奈もまた目を閉じると、睡魔が襲ってきて目蓋が重くなって、意識を手放す。

セックスって疲れるんだな、と思いながら初めて男の人の隣で眠りについた。

9

満里奈が目を覚ましたのは、明るくなってからだった。

この部屋に来た時はまだ暗く、月の明かりだけだったのに。

けれど、窓からは直接ベッドに日の光が差さないようになっていた。きっと計算して設置した窓なのだろう。

ゆっくり身体を起こすと、布団の下は裸で、普通に胸が露わになってしまう。

「え？　え？　……あ、そうだ！」

昨夜、というか今日起こった出来事を思い出し、途端に顔がカーッと熱くなってくる。

隣に仙川の姿はなく、きっと先に起きて身支度をしたのだろう。

「服！」

枕元に服が軽く畳んで置いてあり、一番上にはショーツが置いてあった。仙川に脱がされたやつだ。

「今、何時？」

ひとまずTシャツを身に着けた。裸のまま時計を探す気にはなれない。

仙川はいないし、時計はないし、と満里奈は再度布団の中に顔を埋める。膝をすり合わせると、なんだかやっぱりちょっと、濡れてる感じがした。

初めてを経験したばかりで、こんなのオカシイ痛かったのに変だ、と思っているとドアが開く音がした。

顔を見られるのが恥ずかしくて、身を固くしてしまう。

「マリー？　起きてる？」

彼がベッドに近づく足音が聞こえ、心臓がこれ以上ないほど速く打ち始める。

布団を被って丸くなっていると、ベッドに座ったのか軽く揺れた。それから布団の上に手を置いたのを感じ、満里奈はちょっとだけ身体を動かした。

「起きてる？　髪の毛が布団からはみ出てるよ？」

出ていたらしい髪を軽く撫でられ、満里奈は少しだけ布団から顔を出す。

「おはよう、マリー」

「……おはようございます」

当たり前だが仙川はもう服を着ていた。薄いブルーのシャツとアンクルパンツ。昨夜の乱れた彼からは想像もできないような、とても爽やかな感じの、容姿抜群な大人の男、という雰囲気。

満里奈の身体をあれだけ翻弄していた人とは思えない。

「お水飲まない？」

目の前に冷たい水のペットボトルを差し出され、満里奈は身体を起こし受け取った。キャップを捻って口をつけると、思いのほか喉が渇いていたらしい。

水よりお茶、の満里奈だったが、ものすごく水が美味しくて結構な量を一気に飲んだ。

「お腹空いてない？」

起きたばかりだったので、髪がぐちゃぐちゃなはずだ。仙川が髪に手をやり、軽く指先で整えてくれるのが心地よかった。

朝からとても優しい仙川を見上げる。

「お腹は、空かないです」

昨日の夜ご飯が遅かったのもあるが、今日は胸がいっぱいというか食欲がない。いつもなら、お腹が空いてもいいのに。今日は全く飢餓感がないのだ。

「そう？　マリー結構食べるから、昨日のコーンご飯をおにぎりにしたんだけど、三つ作っちゃったなぁ……疲れちゃった？　ごめんね……身体は平気？」

痛みが全くないわけではないが、ほぼ平気だ。

ペットボトルのキャップを閉め、満里奈はそれをちょっと握り締める。

「酷くしてないつもりだけど、きついなら寝てていいから。帰りはきちんと送るからね」

仙川は心配そうな顔でそう言ってから、柔らかい笑みを浮かべて満里奈の頭を撫でた。そうして腰を上げ、すっと離れていく彼の手を満里奈は目で追いかけ、男の人にしてはやや細めで長い指を見つめた。

あの指は満里奈の中に入って、何度も出入りして満里奈の官能を高めたのだ。

指を見つめていた満里奈の視線に気づいた彼が、首を傾げて名を呼ぶ。

「マリー？」

なんでそんな余裕なんだろうか、と満里奈は隣の彼を見上げた。満里奈と違って、ほかの人ともセックスを何度もしたことがある年上の男だからだろうか。

「仙川さんくらい、年上で経験がある大人は、普通に、爽やかに、普段の態度でいられるんですね……私なんか昨日、っていうか今日だけど、したことばかり考えて……」

満里奈が途切れがちに言うと、仙川はただ満里奈と目を合わせ、それから視線を横にやる。

「あ……えーっと……」

日本人にしてはちょっと茶色い髪をかき上げ、頭を掻く仕草をする。困っているように見えた。

「私の言ってること、困りますか？」

満里奈が少し声を落として言うと、仙川が満里奈の手からペットボトルを奪って、床に置いた。

再度そばに座って肩を抱き寄せられ、もう片方の大きな手が満里奈の頬を包む。

「ある意味困るよ……そうやって煽ったりするのは。こっちだって自制してるんだ。ほんの何時間か前まで抱いてた、好きな子なんだから」

好きな子なんだから、と言う言葉が嬉しいと思う。

満里奈が笑みを浮かべると、彼もまた笑みを浮かべた。

「仙川さんと、キスしたい」

起きてから今まで思っていた気持ちが素直に口から零れ出てきた。目線を上に向けると、仙川は指先で満里奈の顎を上向かせ、顔が近づいたと思うと唇が重なってくる。

食むように唇を一度吸って、離れていく。それが寂しくて、満里奈の方から仙川の唇を追ってしまう。

「ん……っ」

自分から仕掛けるキスは、触れるだけしかまだできなくて。

けれど、彼の唇がさらにそれを深くする。ほんの少し開いた口の隙間から舌が入ってきて、キスが深くなっていく。

絡まってくる仙川の舌に応え、彼のシャツをギュッと握って、何度も角度を変えるキスに身を預ける。そのうちシャツを握っていた手は彼の首筋を通り、両手で首を引き寄せるように絡める。彼もぐっと身体を満里奈に傾け、腰を抱き寄せられた。

身体の力が抜け、背がベッドにつくのはすぐだった。キスがなんとも言えないくらい心地いい。

「ふ……っん」

水音が耳に響き、仙川の唇がゆっくりと離れていく。

は、と大きく息を吸いながら、彼の濡れた唇を見つめた。昨日と同じく、色っぽくてイイ男の仙川が目の前にいて、満里奈の下半身が疼き始める。

「君さぁ、本当に困るよ……」

仙川は大きく息を吐いた。それからもう一度小さくキスをする。

「身体、きつくない？」

「……大丈夫、です」

満里奈の頬を撫で、それから仙川は身体を少し起こした。

「抱いていい？」

彼はサイドテーブルに手を伸ばし、箱を取る。避妊のための物で、彼は昨日と同じように一つ取り出した。

それを見たところで、満里奈が頷くと、仙川は満里奈の首筋に顔を埋めた。

「ごめん、もう一回、させて」

耳に届く仙川の声がかすれている気がした。それでいて、熱っぽい声で、満里奈は心臓が跳ね上がった。

着ていたTシャツの中に手が入ってきて、満里奈の大きくない胸が揉み上げられる。

「あ……っ」

シャツを捲り上げられ、彼の唇が満里奈の胸を食むように吸いつく。

「煽る君が悪いよ」

胸の上で言われ、満里奈は身を捩るしかない。

また仙川が満里奈の内側に入ってきて、どうしようもないほど翻弄させられるのだ。その期待に胸が震える。同時に身体も反応し、熱い吐息を零して潤んだ目で満里奈は仙川を迎え入れた。

☆　☆　☆

部屋をあまり見なかったのでわからなかったが、仙川の寝室はとても広く、ここだけで一つの家みたいだった。テレビもソファーも置いてあるし、夜に見た長方形の窓は、ガラスをはめ込んでいるだけの、開け閉めできないつくりのようだ。

掃き出し窓は白色のカーテンがつけてあり、向こう側はバルコニーとなっている。

ウトウトしながらボーッとあたりを見回し隣を見ると、下着姿の仙川がベッドサイドに立ち上がったところだった。

背が高い分、足も長く、細身だがきちんと鍛えた筋肉がほどよくついているのは、先ほどまで抱き合っていたからわかっている。

満里奈の身体を綺麗な身体だと言ったが、あなたこそカッコイイ身体をしています、と言いたいくらいだ。

抱き合う前に穿いていたパンツを手に取って身に着け、ボタンを閉めたところで視線が合う。

「起きてたんだ？　寝てるかと思った」

仙川がベッドに座り、満里奈の額に触れた。髪を軽く払ってから今度は頬に触れる。その手に満里奈も手を重ねると、彼は目の下を親指で撫でた。

「身体、平気かな？」

心配そうに微笑む彼に頷いてみせる。安心したのか、小さく息を吐いた。

「もう、昼だけど……さすがにお腹空いたんじゃない？」

言われてみれば、と満里奈は空腹を自覚する。身体を起こし口を開く。

「お腹空きました！」

「だよね？　深夜から、身体動かしてばかりだからね」

たぶん、含みなんかないのだろうけれど、彼の言葉は満里奈の顔を赤くさせるには十分だった。

「別に変なこと言ってないでしょ？　服着たらリビングにおいで。歩ける？」

内腿は若干筋肉痛。身体の中はちょっと痛いが、歩けないほどじゃない。

「大丈夫、です」

「了解。じゃあ、おにぎり温めとくよ」

仙川は手早くアンダーシャツとシャツを身に着け、満里奈の頭を一度撫でてから部屋を出て行く。

彼が出て行ったのを見て下着を探し出し、借りている服もきちんと着た。

ベッドの下に足をつけ立ち上がると、少しだけふらつくが腰が立たないわけじゃない。

「や、優しかった……」

二度目の行為はやっぱりちょっと痛かったけれど、ものすごく身体を高めてくれた。

『痛いかもしれないけど、できれば少しは、痛くないようにしたいから』

仙川はそう言って胸を揉んだあと、その手を足の付け根に移動させ、両足を開かせた。

ためらいもなく満里奈の足の間に顔を伏せ、ソコを舐めた。ただ一度舐め上げられただけなのに、
満里奈の身体は感じ入ってしまった。

『は……っあ』

『良さそうだね……でももう少し、濡らそうか』

そんな言葉を言われたのは初めてで、どうしようもなく煽られた。

仙川の舌で満里奈の内部を愛撫され、その間も足の付け根を撫でられたり、手を伸ばして胸を揉み上げられた。

足の間から顔を上げた仙川が、指を入れてきた時はイってしまった。

『ああ、イったね』

イクというのが何なのか身をもって体験し、満里奈は忙しなく息を吐き出した。

クスッと笑った彼の色っぽい顔が近づき、満里奈の胸の間に手を這わせながら唇を奪われる。敏感になっているソコを指先で解すかのようにまた動かすから、どうしようもなく身体が疼いた。

満里奈自身から溢れてきた愛液が滴るのがわかるほど、ソコを濡らしていたと思う。

だからなのか最初より痛くなくて、そして彼の硬いモノが入ってきた時、小さく喘いで腰を反らしたのを覚えている。

何もかもゆっくり優しく愛撫され、じっくりと身体を高めてくれたと思う。

仙川の色っぽさ、している時の顔、そして乱される自分の様子を思い出すと、恥ずかしさやなんやらで、手で顔を覆ってしまった。

「初めてしたのに、イイ、ってどうなんだろう」

仙川はどうだったかわからないけれど、満里奈は蕩けて愛し合ったと思っている。キスだって舌を絡め合うたびに溶けそうだったし、大きな温かい手が心地よすぎた。

「みんなもこんなに、イイもの？」

いやいや、と考えを振り払い、寝室を出た。

気づかなかったが廊下の一部にも鍵がない長方形の小さな窓があり、そこからも街が一望できた。もうすでに街は動いていて、電車も走っていた。

満里奈は街の活動も感じないほど熟睡していたということだ。初めての経験は、なんとなく現実ではないような気さえする。

昨日までのマイナスな気分が充電されて、プラスになっているみたいだ。

「こういうの、なんか、いいな……」

独り言をつぶやき、リビングへ向かう。

良い匂いに釣られてキッチンを覗くと、カウンターにおにぎりと鮭の塩焼き、豆腐とわかめの味噌汁が用意されていた。二人分の食事を見て一気に幸せな気分になる。誰かと一緒に朝食を取るのはいつぶりだろう？

「マリーはおにぎり三つの方だよ」

満里奈に気づいた仙川はそう言いながらお茶を用意してくれた。

カウンターの椅子に座ると彼もまた隣に座り、箸を渡した。

「いただきます」

「どうぞ、召し上がれ。お代わりもあるからね」

満里奈は最初におにぎりにかぶりついた。昨日と同じでとても美味しい。

「水分取らずに行けるんだね。俺は、最初に味噌汁とか飲まないと無理だなぁ。オジサンの証拠かな」

笑みを浮かべながら味噌汁を口にするのを見て、満里奈もおにぎりをよく噛んだ。

仙川と二人で朝食を取っていることに、胸の奥がキュッとなる。他愛のないどうでもいい話をして、誰かとご飯を食べたいと本当は思っていた。それが仙川とだなんて考えたことがなかった。

さっきの仙川の言葉、召し上がれという、その言葉だけで心がいっぱいになり。

「ご飯、美味しい！」

なぜか涙が溢れてきて、それでいて、とてもご飯が美味しくて。

「ちょ……なんで泣くわけ？」

慌てる仙川の顔を見て、急に泣いてしまって悪いと思う。誰だって、泣きながら食べたら戸惑うし、心配になるだろう。

「私、本当はちょっと寂しがり屋だから、こうやって誰かと朝、ご飯を食べるの、幸せです」

継父と再婚したころの母は、満里奈と一緒に食べていた。もちろん、妹たちが生まれてからもそうだったが、なんとなく疎外感を覚え始めたのは、中学に上がってからだった。

妹たちもまた成長していて、しっかりと意見を言うようになったし、継父も実の娘の方が可愛いと思っていただろうから、しょうがないことだった。

朝ご飯での会話がなくなりよそよそしくなって、高校生のころには自分の部屋で食事を取るようになった。

中高生のころのそっけない自分の態度もいけなかったのかな、と今となっては思うけれど。

涙を拭って笑顔を浮かべると、彼は眉を下げて微笑んでいた。

「……そっか……じゃあ、できるだけ一緒に、俺とご飯食べようか」

満里奈が頷くと仙川が頭を撫でた。

涙をきちんと拭ってご飯を頬張りながら彼を見る。

「仙川さん、私、変かもしれないけど……仙川さんとのエッチ、良かったです。優しくて気持ちよかった」

仙川はぴたりと咀嚼するのをやめ、箸を置いた。

それからお茶を一口飲んでから目を彷徨わせる。

「マリー……そういう感想ありがたいけど……食事中に話すのはやめようね？」

「え？　なんで？」

「思い出すでしょ？　俺だって裸見せてるし、男が感じてるのってあからさまにわかるんだからさぁ……」

彼は少し照れた様子で、顔が赤くなっている気がする。

彼が言わんとするところは、つまり……。

「あ……男の人の、アレ、でしょうか？」

「まぁ、いいよ！　ほら、お腹空いてるでしょ？　ご飯食べなよ」

照れ隠しのようにそう言って、彼はおにぎりを頬張る。

イイ男はご飯を頬張っていても崩れずイイ男なんだな、と改めて仙川の優秀な顔を見る。

「食べます」

「はい、しっかり食べてね」

満里奈は本当にお腹が空いていた。コーンご飯のおにぎりは、三つじゃなくて四つくらい食べたいと思ってしまう。

それに気づいたのか、仙川が満里奈のお皿に自分の分のおにぎりを置いてくれて。

満里奈が嬉しくて笑みを向けると、彼もまた微笑んでくれた。

10

仙川と過ごした休日明け、満里奈は早番だったので眠い身体を引きずって出勤した。

ものすごく濃厚な時間を過ごしたし、初めてなのに二回もしたからか、彼に家まで送ってもらう最中も眠くて、着いてすぐ寝てしまっていた。

母に連絡していなかったため、ご飯作ってしまったじゃないの、と小言を言われたがとりあえず謝っておいた。

彼は今日、フランスから帰ってくる。何なら、到着ゲートも担当になっている。抱き合ってからもうすでに四日経っていて、ちょうど同じタイミングで休みが重なる。

ただ会う約束をしていない。昨日、仙川からメッセージが届いて、明日帰るよ、だけだった。味もそっけもない返事に気分がモヤッとする。

満里奈は彼のことをずっと考えているのに、彼はそこまで考えていないのかも、という考えが頭をよぎり、モヤモヤするのは当然ではないだろうか。

だから返事は、了解、というスタンプだけを送った。

好きだったら会いたくなるのではないのか。満里奈は会いたいと思っているのに、どうしてどこでいつ会おうなどの約束をしてくれないのか。

もともと、約束はいつも満里奈の方から。そしてやきもきしているのもきっと満里奈だけだろう。

「また私から誘うわけ？」

満里奈は仕事中だというのに独り言をつぶやき、口をへの字に歪める。

自分は森にきちんと恋をしていた。けれど、仙川と新たな恋に落ちた今は全く違うと感じる。好きだと思うところばかりが思い浮かび、これが本当の恋なのだと自覚する。

「木下さん、パソコン終わった？」

不意に後ろから声をかけられ振り向くと、寿々が満里奈に微笑んでいた。

森のことも考えていただけにちょっとびっくりした。

「どうしたの？　びっくりさせた？」

「あ……いえ」

満里奈がなんとか笑顔を作ると、寿々はやや怪訝そうに首を傾げたあと、口を開く。

「フランス帰着便のお客様、何人だっけ？」

「総数、二百四十人で、満席です。貨物室の荷物が多く、シャルル・ド・ゴールでの詰み込みに時間がかかり、出発までの渋滞もあった様子ですが、定刻通りの到着予定ですよ」

満席な上に荷物が多いと、積載の配分などで、詰み込み作業に時間がかかることも多い。こういう場合は機長がアナウンスするんだろうな、とぼんやり思った。

仙川はどんなアナウンスをするのか聞いてみたい気持ちになる。

「機内にお忘れ物がないようにしないといけないですね」

また仙川のことを考えてしまい、慌てて仕事モードに頭を戻す。

「荷物の積み間違えがないといいね。そうなると探さなきゃいけないから」

にこりと笑った寿々から指摘され、満里奈は頷く。

「そうですね、もちろんです！」

万が一、荷物が別の飛行機に積み間違えられたとしたら大変なことだ。ほとんどないが、乗り換えのお客様もいるので、気を引き締めなければならない。

「今日、森機長帰ってきますね。私たちももうすぐ仕事終わりますけど、石井先輩は帰ったら二人でゆっくりご飯食べたりするんですか？」

こういう休みが合う時はどうしてるんだろう、と思い聞いてみた。寿々は苦笑して答える。

「あー……どうかな……まず寝るんじゃないかな？　仮眠があっても、十時間以上コックピットの中だしね。私が帰ってソファーを見ると、ネクタイ外しただけで寝てる時もあるんだよね。ちょっと横になったらすぐ寝ちゃうみたいで」

ネクタイを外してだらしなくソファーで寝る森の姿なんて、全く想像ができない。

ちょっと横になったら寝ちゃうというそのプライベートな感じが、なんだかラブラブで羨ましい。

「仙川さ……いえ、仙川機長もそうなんでしょうかね？　やっぱり、仕事終わりは眠くなるんでしょうか？」

さりげなく平静を装って聞いてみる。

「そうね……普通は疲れてるんじゃない？　仮眠はするだろうけど、さっき木下さんが言った通り、二百四十人の人を乗せて運航しているんだから。責任のある仕事よね」

寿々の言う通り、改めて考えてみればあんなに大きな物を操作して、空に浮かべているのだ。それに旅客機の中には大勢の人が乗っている。

責任のある仕事であり、間違いは許されない。もちろん満里奈たちの仕事もそうだが。

「私、最近、仕事について考えることがあって」

「あら、そうなの？」

寿々が少し目を丸くして、次に優しく微笑む。

「後輩もできたしね、木下さん」

「や、それは、まだまだ指導できるほどじゃないのでさておきなんですが。仙川機長ってなんだか軽い調子だから忘れがちですけど、大変な仕事をしているんですよね……」

しみじみ思いながらそう言うと、寿々がふふっ、と声に出して笑った。

「彼氏の仕事だったら、余計に考えちゃうよね？」

口元に手を当てコソコソと小さい声で言われ、満里奈は目を見開く。

「え？　あ？　な、なんで!?」

「実は……二人で帰ってるの見たことがあって。森さんに聞いたら、お似合いだから放っておけばいい、って」

クスクスと笑う寿々の言葉に、うわーっとなり、顔が熱くなる。

いったいいつ見られたのかと、満里奈は内心焦った。

「あ、お客様が来た。顔赤すぎるけど、きちんとしてね、木下さん」

耳も熱くなったまま、寿々と並んでおかえりなさいませ、を繰り返す。切り替えの早い寿々をチラ見しながら、満里奈は心を落ち着かせた。

国際線から帰ってくる人々は、疲れた顔をしていたり、ネックピローをつけたままの人もいる。それでも無事にお客様が帰国したのを見て仙川も無事に帰ってきたんだな、と満里奈は思った。

お似合いだから放っておけばいい、と言った森はいったいいつから仙川と満里奈がこういう感じになっているとわかったのだろうか。

というか、あれだけ満里奈が好意を示していた森がそんなことを言うなんて、なんだか乙女心としては微妙に思う。

しかし、森のことは遠い昔の恋のように思え、今は仙川のことを考えると頭がいっぱいになるから不思議だ。

とりあえず仕事に集中し、最後のお客様を見送ったところで、一人の女性が満里奈に近づく。

「すみません、座席のポケットに本を忘れてしまって」

「お忘れ物ですね？」

女性がチケットを即座に見せてくれたので、座席を確認し、満里奈は微笑んで対応する。

「探してまいりますので、お待ちください」

一礼すると、寿々がすかさず女性客を待合ロビーへと案内する。それを見て、満里奈は機内へと入った。

ＣＡは機内から出る支度をしていたので、断りを入れて座席番号を確認し、座席ポケットにある本を取り出した。

「よかった……」

本を手にし、満里奈は少し早足で機内を出る。

椅子に座っている女性のもとへ行き、軽く膝をついて両手で本を差し出した。

「こちらでお間違いないでしょうか？」

「これです！　ありがとうございました」

嬉しそうな顔をするお客様を見て、満里奈はこういうのいいなぁ、と思った。今までも同じことをしてきたけれど、きちんと向き合うとやりがいのある仕事だと、改めて感じる。

笑顔で帰るお客様を見送り、満里奈はホッと一息つく。持ち場に戻って、今日の記録をしたら業務は終了する。

朝早くから出ているが早番は昼に終わるから、なんとなく解放感がある。

「記録は木下だよね？」

不意に矢口から話しかけられ、頷いた。なんだかんだで、矢口は満里奈に話しかけてくるのだが、必要最低限の返事にとどめている。

「あとは、石井先輩と私とでやっておく。上がっていいよ？」

「仙川機長と森機長、イイ男二人が出てくるのを待ってるの。こっちの仕事は終わったし、ちょっと隣にいてもいいでしょ？」

なんだその理由は、と満里奈は内心大きなため息をついた。しかし、悪びれもなくにこりと笑った矢口には何も言わずただ頷くだけにとどめた。が、そこへ寿々がすかさず、矢口に近づいてきた。

「仕事が終わってるのに、何もしないのはどうかと思うけど？　手伝わないのなら、上がってくれる？」

「……ですね」

「私と木下さんがいるから大丈夫よ？」

わかりました、としぶしぶ引き下がる矢口を横目で見ながら、満里奈はタブレットを操作する。

矢口はこの前の合コンで彼氏ができたらしい。満里奈に声をかけてきた、客室乗務員の彼だ。満里奈はもう名前も覚えていないが、結構ラブラブにやっていると、人づてに聞いている。

「彼氏がいても、やっぱり仙川機長と森機長は別腹なのかな？」

仙川と森を見てから上がる、というそれを聞いて思わずポツリと愚痴が声に出てしまった。というか、仙川は満里奈の彼氏なのだから、矢口に見られることがなんとなく気に入らない。

不意に出てしまった満里奈の愚痴に、寿々がそうね、と言った。

「みんなに彼氏ができたって言ってるよね？　確かに二人はイケメンだし､別腹に入りそうよね？」

クスクス笑いながらそう言う寿々は余裕だ。

満里奈は彼とこのあとの約束は何もない。でも寿々は、家に帰ったら森がいるのだろう。羨ましい、と唇を噛んでしまう。

「石井先輩には別腹とかできなそうですね。森機長でお腹いっぱいそう」

イケメン機長がもうすぐ夫になるのだ。もうお腹いっぱいで十分だろう。

「そ、それもそうね！」

今度は寿々が顔を赤くする番だった。

せめて満里奈にも寿々のように胸や腰があったのなら、もっと仙川の気を引けるのだろうか。ちょっとだけシュンとしていると、視界の端にＣＡに続き、機長の二人が到着口へ向かってくるのがわかった。

二人は何か話しながら満里奈の目の前を横切ろうとした。彼らはこちらを見ると、揃って微笑んだ。

森は寿々を、仙川は満里奈を見て微笑んだと思いたい。そして、今日はどうするのか、と仙川に問いただしたい。

けれど仕事中なのでそういうわけにはいかないのだった。

「プラカード揃えたよ？　木下さん、そっちは終わった？」

寿々は満里奈みたいに約束がないのが不安にならないだろうな、と羨ましく感じた。

「……今、森機長と仙川機長、こっち見て微笑んでましたよ？」

満里奈が言うと、寿々はちょっと驚いた顔をした。

「え？　全然気づかなかった」

彼女ははっとしたように顔を上げるが、もう後ろ姿だ。

寿々のこういう、天然なところも森は好きなのかな、二人はどんな風にいつも会話しているのかな、と想像する。

むしろこちらを見ていることに全然気づかなくても、森の笑顔は寿々のもの。そういう余裕な感じが素敵すぎる。

満里奈だって仙川と付き合っているのだから、と心の中では虚勢を張ってみるが、すぐにショボンと萎えてしまった。自分にはまだまだそんな気持ちの余裕はない。

「どうしたの？」

「いえ、なんでもないです。終わりました」

満里奈が微笑むと、じゃあ上がろうか、と寿々がプラカードを仕舞いながら言った。

「木下さんはこのあと、仙川さんと予定あるの？」

「いえ、まさか！」

何ならこの前みたいに泊まってもいい。今度はきちんと母に連絡をして、またコンビニで下着を買って、と考えた。

でも誘われていないし、勝手に行けない。勝手に彼の家に行ったとしても、帰っているのかどうかさえわからないだろう。

「そうね、疲れてるだろうしね、お互い。でも、明日休みでしょう？　会いたいよね？」

そう、本音は会いたい。でももう、満里奈からは誘いたくない。

満里奈はそうですね、と無理に笑顔を作って相槌を打ち、寿々とともに職員用の出入り口へ向かう。二人ともまっすぐ更衣室へ行き、退勤のためカードを通した。

矢口はもうすでに着替え終わっていて、お疲れ様です、と言って出て行く。更衣室のロッカーは離れているので、お疲れ様と言う以外は何も話さなかった。

のろのろと着替えをしていたら、寿々まで先に出て行った。

更衣室に一人きりになり、満里奈は上着を着る。ため息をついて、バッグを持ち上げたところで、上着のポケットに入れていたスマホが振動を伝えた。

見ると、仙川からのＬＩＮＥで、満里奈はすぐにアプリを開く。

『連絡できてなくてごめん！　今日良かったら、ご飯どうかな？　と言いながら、もう予約したんだけど。良かったら返事下さい。駐車場で待ってる』

「こんな帰ろうって時に！」

もう予約したって言うなら行かなきゃならない。それに、駐車場で待ってるというのも、キュンとする。

「……こんないきなりなのに、誘われて嬉しいって、なんなの、もう！」

どうせならもっと早く誘ってほしかった。ぐずぐず悩んだ時間、損をした気分だ。でもそんなことは抜きにして、今は彼に会いたい。

だから満里奈は、すぐに仙川に返事をした。

『もっと早く誘ってほしかった‼　今から駐車場に行きます！』

本音を一言入れて、仙川がいる駐車場へと向かった。

☆　☆　☆

仙川の車は見つけやすい。満里奈はすぐに彼の車のところにたどり着いた。

彼は内側からドアを開けてくれ、満里奈は四日ぶりの仙川をジッと見る。

「……ごめんね、あんまり連絡しなくて……あれ？　怒ってる？」

ちょっと困ったように笑いながらそう言った。ほんの数日しか経っていないのに、仙川の顔を見て、嬉しさが込み上げてくるのはなぜだろう。その困った顔も、カッコイイと思う。

「また誘ってくれないのかと思いました。この前、エッチしたくせに、連絡途絶えさすとか、ないですよ！」

プンと怒ったように顔を逸らす。

本音はずっと彼を見ていたかったが素直になれず、怒ってみせた。せめて会う連絡くらい、数日前にしてほしい。

「ごめんね。……俺、ああやって二回もその日にするの、ほとんどないし。デートもしないで、それってどうかって思ってね」

ため息交じりに言うのを見て、外見だけではそんな風ではなさそうなのに、と口を尖らせる。

「……そんな嘘つかないでくださいよ。続けて二回も三回もしてそうです」

そう怒って言う言葉とは裏腹に、優しくて大切に抱いてくれたことを思い出す。二回目のエッチはちょっとだけ痛かったが、実は気持ちよかった。

でもここでは言わないでおく。

「そんなことないよ……セックスって体力使うし、イったあとはなんだか眠くなるし」

「なんですかそれ」

「つまり、俺はそんな性欲強くないんだよ。だけど君は特別だったってこと」

仙川が満里奈の頬に触れてくる。目の下を親指で軽く撫でたあと、彼は微笑んだ。

「だから今日はデートしようかと思って。場所はホテルなんだけど、宿泊予約もしてみた。……返事も聞かずに勝手にしたけど、俺なりに浮かれてるのかも。彼女ができるのも久しぶりだし」

嬉しくなるようなことを言われて、満里奈の頬が熱くなる。彼が満里奈と恋人になって、自分なりに浮かれているという、その言葉にキュンとくる。

こんな時はきちんと言葉にして伝えなくては。

「……お母さんに、ご飯いらないって、ＬＩＮＥする」

「よかった……」

そう言って微笑む仙川に、満里奈はどこに行くのか聞く。

「どこのホテルですか？　私、修学旅行以外にホテルなんて泊まったことがなくて……」

恥ずかしいことを言ってしまったことを、ちょっと後悔する。

「ああ、あんまりカッコつけすぎてもアレだし、普通の部屋だけどね……カニンガムホテル東京なんだけど……」

「えっ⁉」

思わず仙川の言葉に反応する。満里奈は目を丸くして、声を出してしまう。

「そんな夢みたいなところに泊まっていいんですか⁉」

ぐっと彼の腕を両手で摑んで言うと、クスッと笑って頷いた。

「もちろん、お姫様。夕食にフレンチレストランを予約しているけど、いかが？」

今日の服は大丈夫だろうか、と満里奈は頭を巡らせた。基本的に出勤時はスーツに準ずる格好なので、キレイ目だからＯＫだろうと思う。

「なんだか本当に、お姫様になった気分です……嬉しい！」

満面の笑みを向けると、仙川は一つ瞬きをして、再度満里奈の頰を撫でた。

「……そっか……じゃあ、行こうか」

「はい！」

元気よく返事をすると、彼が顔を近づけてきた。唇で唇を挟むようなキスをし、小さく音を立てながら離れていった。

優しい口づけをしたあと、微笑む仙川にドキドキする。

「マリーの笑顔を見れて、幸せ」

そう言って満里奈の頰からすっと手を離すと、車のエンジンをかける。

さりげないキスと、彼の幸せという言葉に頭がぼうっとなって返事ができなかった。けれど、きっと顔が赤くなっているので、察してくれるだろう。

こんなことって本当にあるんだな、とちらりと仙川の横顔を見る。

まるで、恋愛ドラマのヒロインだ。

失恋を経験してから、自分にはないことだろうと期待していなかった。けれど、今は幸せだし、ずっとこういう気持ちが続けばいいと思った。

11

「……早く帰って一度寝たい」

首を回しながらそう言う同僚の森を見る。ＪＳＡは結構な頻度で同僚や仲の良い上司など、相性がよさそうな相手とシフトを組んだりすることもある。

だから今回のように、真理と森という機長同士でも同じシフトだったりするのだった。

「仙川は？」

「あー……うん、一応、これから行くところがある」

言葉を濁しながら言ったけれど、約束があるのは本当。

先日恋人になった満里奈と一緒に過ごすつもりだ。しかし、勝手に決めてしまったため、メッセージの返信もちょっと怒った感じだった。

今から駐車場で会うのだが、またいつものあの感じで口を尖らせてキャンキャン言うのだろうな、と真理は思った。その様子を想像して、頬が緩みそうになる。それもまた彼女の魅力なので、ニヤけるのを我慢した。

「デート？」

「まぁ、そんなとこ……森は、帰って寝るだけ？」

「どうだろうな、寿々次第」

彼女次第では、寝ない可能性もあるんだな、と真理は察した。

「森は付き合ってる時、まめに連絡取ってた？　デートの約束とか……」

彼は一瞬だけ驚いた顔をしたが、すぐに可笑しそうに笑った。

「そんなの連絡取り合うしかないだろう？　お互い不規則だからな。すれ違いも多いが、そこはお互い調整したりした。まぁ……いろいろあったが、好きな女だから、会いたい気持ちが勝った」

笑顔で話す顔は幸せそうだ。森みたいなストイックな色気のある男が恋をしたら、こういう顔をするんだな、と真理はその魅力的な表情をジッと見てしまう。

「木下さんとうまくいかないか？」

森に付き合っていると言ってはいないが、言わなくてもわかっているのだろう。実際、デートに行くとしたら消去法で満里奈しかいない。それくらい真理は女っ気がないのだ。

「いや、今日はちょっと俺が一方的だっただけ。数日前に誘っておくとかすればいいのに、そういうのがなくて」

はぁ、と大きくため息を吐き出すと、森がまた可笑しそうに笑う。

「しっかりしろ、色男」

肩をパン、と軽く叩かれ、真理は困った笑みを向ける。

「何をしっかりなんだよ……恋は苦手だっていうのに……色男から色男って言われてもなぁ」

「木下さん、好きなんだろう?」

「もちろんだよ」

真理がはっきり答えると、ちょっと真面目な顔になり、口元に笑みを浮かべる。

「じゃあ、それでいい。そう言ってやればいい」

「……言ってるよ、当たり前だ」

「そうだな」

森はきっと真理のことを心配しているのだろう。こんな風に思ってくれる友達がいるのは、ありがたいことだ。

「じゃあ、俺は帰って寝るか」

そう言ってタクシー乗り場の方向へ視線を向ける。森の家は仕事場から少し離れているので、仕事明けは運転しないのだ。

「石井さん次第では起きてるんだろ?」

「そうだな。それは仙川も同じだろう?」

真理がただ何も言わずに微妙な顔をすると、森がクスッと笑った。

「じゃあ、またな、仙川」

手をひらりと振って背を向けるイイ男はどこまでもスマートで、中身までもイケメンだ。

「森みたいにはなれないなぁ……あいつには負ける」

苦笑いしつつ、真理はパイロットケースに手をかけた。

きっとムッとしているだろう、満里奈を想像しつつ、自分の車を止めている駐車場へと向かった。

☆　☆　☆

待ち合わせした満里奈に行き先を告げると、彼女は目をキラキラさせて嬉しそうな表情を向けた。

そもそも、デートと言っても真理の考えつく場所なんてほとんどないため、ホテルデートはどうだろうと思い、カニンガムホテル東京を予約した。

ホテルに着いただけなのに、上機嫌で周囲を見て回る満里奈が可愛くてつい見入ってしまいそうだった。

修学旅行に行ったきりホテルに泊まったことがないと言ったのは、あながち嘘じゃないのだろう。満里奈はとても若いし、高級ホテルという部類のホテルが初めてだと言っても驚かない。

予約していた部屋に入ると、満里奈はもともと大きな目をさらに見開き、感嘆の声を上げた。星が散っているようなその表情に、こっちの目がくらみそうだ。

「わぁ……！　すごい部屋！　景色もキレイ！」

スタンダードな部屋とはいえ、やや高層階だというのもあり、眺めが良く、夜になったら夜景も綺麗に見えるだろう。遠くまで見通せて見晴らしは良かった。

バッグを椅子の上に置き、バスルームに向かった彼女はすごーいを連発していた。バスルームなのでよく声が響き、バスローブもきちんと準備してあることに感動していた。

「仙川さん、これで普通の部屋⁉」

「そうだよ」

「もう、これだけで満足！　部屋も広いし、このまま住めそう！　素敵です！　連れてきてくれてありがとう、仙川さん」

勢いよく振り向いた笑顔は満面の笑みそのもので、嬉しいというのを体現しているようだった。

「可愛いなぁ……こんなことならスイートを予約すればよかった」

パイロットケースをベッドサイドに置いて、彼女の行動を目で追う。

スイートルームも空いていたのだが、いかにも、な感じを避けようと思った。どちらにせよ、満里奈を連れてきている時点でそうなのだ。可愛い彼女をもっと喜ばせるような部屋にするべきだったかもしれない。

「なんか言いました？」

バスルームのアメニティを覗き込んでいた彼女が再度真理を振り返る。無邪気に笑みを向ける彼女を見て、つい抱いている時の顔を思い出してしまった。

乳房を吸った時に、身を捩る白く細身の身体。小さく声を上げる唇と、快感を耐えるように震わす長い睫毛と、濡れた瞳。

「……何でもないよ。気に入ってくれてよかった」

「こんな素敵なホテルを気に入らない女の子なんて、いませんよ！」

彼女と会うのは四日ぶりだ。仕事中も、滞在先のホテルでも、満里奈の顔を思い出した。

誰でも恋をしたらこんな気持ちになるのかもしれないが、真理は今までこんなことはほぼほぼなかった。年齢差があるからなのか、満里奈が今まで付き合った人の中でも、飛び切りの美人だからなのか。

基本いつも自分に素直で、正義感もあり、笑顔が素敵な彼女が真理の下で見たこともない妖艶な表情を見せる。しかもそれを知っているのは真理だけなのだ。

そんなことを思うと、胸がざわめいてたまらなく抱き締めたくなる。

「夕食の時間は六時だけど、よかった？」

余裕をもって予約したが、今は余裕を作らない方が良かった気がする。まだ、ディナーの時間まで二時間くらいあった。

「夕飯はそれくらいの方がいいですよね！　あと二時間と少しあるし……どうしようかなぁ」

そう言って真理の横を通り過ぎた満里奈は、ベッドに座った。ベッドに手を触れさせ、何度か瞬きをした。

「このベッドって、かなり大きいですね……」

「ああ、うん、キングサイズだからね。ここ数年かな？　部屋のバリエーション増えてて。普通の部屋でも、キング、ダブル、ツインがあるんだよね。広いベッドの方がいいかと思って」

軽く説明しながら、真理は満里奈の隣に座った。すると、彼女が真理を見上げる。

「そ……そうですね、二人で、寝る、なら、余裕あった方が……」

しどろもどろに言いながら、顔がどんどん赤くなっていく。色白だから、ぽおっと灯が点るようだった。それに引かれるように真理は黙ったまま手を伸ばした。

彼女の顔を手でこちらに向けると、また何度も瞬きをし、大きく呼吸するのがわかるように胸が上下する。大きな目は、睫毛が長いから余計にキラキラして見える。

「そんな顔をするとさぁ、困るよね……」

「そんな顔って、どんな顔ですか！」

少し唇を尖らせ、赤い顔のまま上目遣いで真理を見るのが、やはり可愛い。彼女の頬から手を離し、時間を確認するため腕時計に目をやる。

「素敵な腕時計ですよね。それ、自分で買ったんですか？」

「一番上の兄のお下がりだよ。と言っても、新品同様だったけど」

何度見ても時間は夕食まで二時間ある。

そして、可愛い彼女は、真理を想像と現実で煽ってくる。

「キスしてもいい？」

「は……？　あ、えっと……」

満里奈は目を泳がせたが、肩を引き寄せる。

「き、キスだけ、ですよね？」

戸惑うようにそう言うのも可愛いと思う。

「できればその先も。時間があるから」

ベッドサイドに置いたパイロットケースから、ゴムの入った箱を取り出し中身を枕元に置いた。

それを見ていた満里奈は目を瞬かせ真理とゴムを交互に見た。

「……で、でも！　そうするとシャワーを二回浴びなきゃだし！　時間が！」

「今は、いいよ、そのままで」

「でも……仕事してきたし」

満里奈が言葉だけで抵抗する。別に嫌がる素振りは見せない。

困ったように目を伏せる様にたまらず、真理は満里奈の唇を自分の唇で塞いだ。

「……っん！」

上唇を吸って離しじっと目を見つめ合ってから、次に下唇を吸うと、抱き寄せた彼女の身体から力が抜けた。

真理は口を少しだけ開き、粘膜が触れ合うようなキスをする。彼女の唇が開いた隙間から、舌を差し入れると、すぐに口づけが深まっていく。

「は……っふ」

キスの角度を変え、満里奈の後頭部を手で押さえる。彼女が息を吸ったタイミングで出た甘い声に煽られ、少し強く舌を絡め取ると、目蓋を閉じてクタリと身体を預けてくる。

キスに応える舌はまだ拙い感じだが、それがより真理の情欲を刺激してくる。

最後に一度だけ舌を絡め、ゆっくり唇を離す。互いの口の間で官能的な水音が響き、満里奈が睫毛を震わせて閉じていた目を開いた。

その様子があまりにも可愛く、頬を撫でながら上着を脱ぐと、彼女の手が真理の唇に触れた。

「リップが、仙川さんに、ついちゃった……」

「唇？　キスしたらつくでしょ？」

「シャツについたら、大変だし……会社既定のリップって、強めの色、なので」

彼女から出る言葉が、いちいち胸に刺さるような可愛い言動だと思うのは、惚れた弱みなのか、何なのか。

「シャツも脱ぐよ」

満里奈を軽く抱き上げベッドの上に乗せる。無造作に髪をかき上げ、彼女の上になってネクタイに手をかけ緩めてから、シャツのボタンに手をかける。すると満里奈がさらに顔を真っ赤にした。

「ぱ、パイロットの制服脱ぐの見るの……エロくてドキドキして、ダメ……」

彼女の息が上がっているのがわかるように、胸のあたりが上下する。

「俺の方が、ドキドキするんだけど」

真理は彼女のブラウスの中に手を入れる。

想像した満里奈の綺麗な形の胸に触れると、もう止まることはできなかった。

☆　☆　☆

下着のホックを外してブラウスを首元まで上げて、身をかがめて胸の間に顔を埋める。

彼女の胸は本人が言う通りささやかなのだが、白く弾力があり、ツンと上向きの可愛いバストだ。

優しく撫でて堪能し、その乳首に吸いつきたいと思い、実行する。

「……っあ！」

乳首のあとは乳房に唇を寄せ、少し強く吸った。赤い痕がついた白い肌が酷く卑猥に見える。

だからすぐに真理の下半身は反応してしまう。初めて抱いた時もそうだった。

彼女のスカートを脱がせながら、真理は胸の尖りを舌先で愛撫する。それからまるで食べるようにして吸い上げた。スカートを脱がせ終わると、下着の中に手を入れる。

「シャワー……っ！」

「シャワー浴びなくていいよ。君いい匂いするし」

真理の言葉に満里奈はパチパチと瞬きをして横を向く。つややかな髪から見える耳がうっすら赤くなっていた。

「いい匂いって……そんな……っ」

指の腹で満里奈の足の間を撫でるように触ると、彼女の腰が揺れて足を縮める。感じるとキュッと身体を縮めるのだな、とその様子を見て可愛いと思った。

「身体、ギュッてしたい……ぁ……ん」

一度腕の中にすっぽり入る彼女の身体を抱き締め、そっと髪をかき分けて額にキスを落とす。それから手を下半身に伸ばしていく。

「や……そこ、触ったら……っあ！」

繋がる箇所に指をほんの少し入れると、甘い声を出して足を閉じようとした。真理はその足を開き自分の身体を入れて閉じさせないようにしながら内腿を撫でる。

「触って濡らさないと。……痛くしたくないからね」

満里奈は羞恥に耐えているのか、赤い顔を横に逸らす。

「この前みたいに、あんなに、なるのは……」

満里奈のセックスに慣れないこの感じがこの先どうなっていくのか、どうやって慣れていくのか。これから自分だけが見届けられることに、気持ちが高ぶる。

「そんなことを言うと、俺を煽るだけなんだけどなぁ」

二人が繋がる部分の少し上の尖りを指の腹で転がすと、艶やかに濡れた唇が開き、甘い声を上げた。

「……っは……んっ！」

身体がビクリと反応し、満里奈はキュッと唇を閉じる。

「声出していいよ？」

顔を寄せて耳元で優しく言ってから、真理は満里奈の中に指を差し入れる。相変わらず狭いな、と思いながら指を出し入れし始めた。

すぐに濡れが増し満里奈が感じているのがわかる。指の腹で内部を擦るように動かすと、弱い部分だったらしく、この前と同じように腰を揺らして身悶えた。

「や……っん……ダメ」

快感から逃げるように白い喉を反らす満里奈の乳房を撫で、身体をずらして唇を寄せる。乳首を吸いながら見上げると、瞳を潤ませて真理を見ていた。

「胸、やだ……っあ！」

彼女のかすれた声を聞いて、初めての時、大人に成り切っていないように見える若い身体を組みしき、これから可愛くてたまらない満里奈を抱くのだと思うと言いようのない熱い感情が溢れてきたことを思い出した。

欲望のまま独りよがりに抱くことがないようにセーブはしたものの、結局は満里奈の身体に溺れていた自覚はある。

もっと、もっと、と身体を揺さぶり、最奥を突き上げ、自分の思うままに抱きたいという欲を抑えるのに苦労した。

満里奈の中に入れる指を増やし、そのたびにビクリと反応する身体に深い満足感を覚えた。根元まで指を挿し入れると、少し背を反らして声を上げた。

「ん……っ！」

「痛くない？」

「……っ、少し、へい、き」

羞恥に顔を赤らめ身を震わせて、快感を堪えるように返事をする満里奈が可愛いと思う。

真理は汗で濡れた前髪をかき上げ、片手で自分のスラックスのベルトを緩めた。身体を起こし、膝立ちになってスラックスのボタンを外す。昂ったものは、痛いぐらいに張り詰めていた。

「し、下着が……脱がせてくださいよ、仙川さん」

少し涙目で脱がせてほしいと言うその顔にも、煽られてしまう。

真理は彼女のすでに濡れそぼっている下着を脱がせる。片方の足首から取り去ると、繋がる部分が露わになった。

「この前しっかり見ておけばよかった」

途端にカッと顔を赤くした満里奈が足を閉じようとするが、もちろん真理が身体を挟んでいるから閉じられない。

「な、なにを、見て……っ」

真理は身をかがめ、満里奈の足の付け根を両手で撫でてから臍の横にキスをした。

「違うよ。初めて抱いた時、満里奈の全部を見てなかったなぁ、って」

カニンガムホテルの陽光をしっかり取り入れた明るい部屋で見る満里奈の身体は、色白の身体がより白く見えた。裸体を晒しながらも、下着と一緒に首元までめくり上げたブラウスだけ残っている姿がなんとも扇情的だ。

二つの膨らみは優しい薄紅色に色づいた乳首が可愛く、上向きのツンとした乳房を際立たせている。

腹部の中心の臍の窪みに舌を這わせたい衝動に駆られる。手指で触れる肌は滑らかで瑞々しくしっとりとしていた。

若々しい肢体の足を開かせ、快感に濡れた真理と繋がる部分も薄紅色で綺麗だと思う。

こんなにもそそられる、美しい満里奈が自分のものなのだ。そのことに、真理はこれ以上ないほ

どの興奮を覚える。

「君は綺麗だ」

素直に出た言葉だった。その言葉に満里奈は今まで以上に顔を赤くした。大きく呼吸し、興奮を抑えるように、形のいい膨らみを大きく上下させている。

「そんなこと言うのは……」

恥ずかしい、と言うその表情が余計に男の性を刺激するのを、きっと彼女は知らないのだろう。

「そんな表情がクルんだよなぁ」

ほんの少し笑って見せたが、本当は余裕がなくなってきている。

真理は唇を少しずつ下へと移動させ、満里奈の秘めた部分にキスをする。何をするかわかったようで、満里奈はやだ、と言ったがもうすでにそこに舌を這わせていた。

「や……っあん！」

下から上へと舐め上げ、尖った部分を舌先で捕らえながら、唇で全体を食むように愛撫する。満里奈の手が真理の髪の毛に絡み抵抗をみせるが、快感で力が入らず、くしゃりと髪を触るだけだ。

こんなことを今まで積極的にすることはなかったのにな、と思いながら彼女から溢れてくる愛液を啜る。細腰を揺らす満里奈がなんとも扇情的で、いくらでもしたくなってしまう。

「もう……あぁっ！」

口を開け、忙しない息を吐きながら、満里奈は腰を反らし快感を解放したようだった。

「ああ、俺も、限界」

昂ぶり、熱くなっている自分自身を感じ、真理は枕元に手を伸ばす。少し乱暴にゴムの外装を歯で噛み切り、下着を下げ身に着ける。

満里奈を高めることばかりに集中していたら、そこはもうすでにイキそうなくらい張りつめていた。

達したばかりで力が抜け足を開いたままの彼女に、剛直に手を添えて宛がう。少し当てただけですんなり濡れたソコに入りそうだった。

ほんの少し真理が腰を動かすと、蕩けた満里奈の中へとのみ込まれていく。

「あっ……っあ！」

「狭い、な……っ」

満里奈の中は真理を強く締めつけ、すぐに達しそうだった。なんとか堪え、最奥まで収めると彼女の足が本能的に真理の腰をギュッと締めつける。

目を閉じ、眉間に皺を寄せている彼女の頬に触れた。

「痛い？」

「……す、少し……仙川、さん、大きい、よ……」

そう言って肩をこぶしで軽く叩いてくる。その仕草が可愛くて、思わず彼女の額にキスを落とす。

君の中が狭いだけでしょ、と言うよりも前に、真理は彼女の細い腰を揺すり上げていた。

「あっ……あんっ！」

動くたびに綺麗な形をした乳房が揺れ、濡れた音が聞こえてくる。感じ入っている表情は真理の欲をそそる。ずっと見ていたいが、それよりももう、イキたくて堪らなくなってくる。

「入れたらすぐイキたくなるって、どうなんだかね、マリー……っん！」

グッと奥へと打ちつけると、知らず呻くような声が出る。締めつけが快くて、ただ夢中になって腰を揺すり上げ、満里奈に溺れていく。

肩を握っていた彼女の手を外し、ぎゅっと指を絡めて握り締める。

明るい部屋に、肌が当たる音や濡れた音、自分の荒くなる息の音が響く。それがなんともいけないことをしているようで背徳的だった。白い肌が揺れ、満里奈の喘ぐその声や、もうだめ、と言うのを聞きながら、快感を追いかける。

「ごめん……っ」

それだけ言って、動きを速くする。

「ん……っう……あぁっ！」

満里奈がひときわ高い声を上げ、達したのがわかる。中がさらに締まり、あっさりと真理は自分を解放する。

「……っは！」

すぐ止まることはできず何度か小刻みに、満里奈の身体を揺すった。

快感の余韻に浸りながら、荒い呼吸を繰り返す。汗がこめかみから噴き出し、濡れた髪を手でかき上げる。

何度も上下する白い胸の間に手を這わせ、首筋まで行きつくと、そのまま身体をかがめて満里奈の唇にキスをした。

　舌を絡ませ合う深い口づけを繰り返してからゆっくり自分自身を引き抜く。包まれていた温かさがなくなると、喪失を感じた。まるでずっと繋がっているのが当たり前に感じる。

「マリー」

　優しく名を呼ぶと満里奈は目を開けた。パッチリとした綺麗な目が真理を見つめてからキュッと唇を尖らせる。

「私、初心者、ですけど！」

　突然文句を言われてしまう。まだ息が整っていないから途切れがちだが、そこは満里奈節だった。たった今、身体の繋がりを解いたばかりなのに、情事の余韻を感じさせない。

　らしいな、と内心クスッと笑ってしまう。

「……えっと、知ってる、よ？」

「普通は！　こんな明るいうちからしないし！　仙川さん、私の……舐めるなんて、ううっ！」

　満里奈は足を閉じ、顔を覆いながら身体を横に向ける。

　もっといろいろしたいことがあると言ったら、怒られそうだ。

「この前は一度、明るいうちにしたけどなぁ……」

「だからって……！　恥ずかしいし、夜がいい……」

　顔を覆ったまま、語尾は消え入りそうだった。耳まで赤くしているが、もう彼女の身体は全部見てしまっている。

こんな初心な反応は可愛いだけで思わず顔が緩んでしまう。

「俺も君に同じように裸見られてるんだけどね」

「きっと仙川さんは私が思うほど恥ずかしくないんだ……」

小さな声でそう言うのを聞き、そんなことないのにな、と真理は苦笑した。

男だって女だって、自分が普段見せない部分を見せるのは、羞恥がある。ただ、好きな相手だから見せられる、というだけだ。

「そんなことないけど……だって自分の反応したヤツ見られてるんだから……好きな人にしか見せないよ?」

どちらにせよ、そんなことを言う満里奈が可愛い。

いつまでこんなに初心でいてくれるのかな、と頬を緩める。

ゴムをティッシュに包んで近くのごみ箱に捨てる。下着とスラックスを引き上げていると、いつの間にか満里奈がこちらを見ていた。

真理の言葉を聞きながら、まだ硬さの残る反応したヤツを見ていたのかもしれない。

「どうしたの?」

すぐにパッと目を逸らした彼女に思わずクスッと笑ってしまう。

「服、脱いでない、ズルイ」

脱ぐ時間も惜しくて満里奈の身体に集中していたから、シャツとスラックスは完全に脱がず身に着けたままだった。

「脱ぐよりも、先に抱きたかったしね」

真理はシャツのボタンをすべて外してから満里奈を抱き起こした。それから脱いだシャツを彼女に着せ、ボタンを下から止めていく。

制服のシャツだけどいいか、と思いながら。

「こっ……こんな！」

「ん？」

満里奈は顔を赤くして、ぶかぶかのシャツを着せられた自分を見下ろしている。

こういうのも初めてか、と彼女を見て口元をほころばせる。そりゃそうだ、自分が彼女の初彼なのだから。

「お風呂一緒に入らない？」

「えっ……！」

顔を赤くし、目を伏せた彼女はそのまま顔を下に向ける。

「お、お風呂なんて……そんな」

「でもさぁ、汗かいたし……マリーは結構な濡れ具合だったし」

風呂に一緒に入る理由を言うと、満里奈は首を横に振る。

「だ、だって……私は、そんなのしたことないし……」

「今からしようよ」

「え……裸にならなくちゃいけないじゃないですか……」

今さら？　と思いながら真理が瞬きする前で、彼女が布団を引き寄せる。

「そんなに……見ないでくださいよ……」

カァッと赤くなる、というのを初めて目の当たりにした真理は、本当にいつまでこれが続くのかと、かえってドキドキする状況に、できるだけ大人の返事をする。

「もうさぁ……お互い裸の付き合いしたけど？」

風呂に入ったらまた何かしたくなるかもしれないが、それは言わないでおく。

彼女は真理が着せたシャツをギュッと握って、下唇を噛んだ。心なしか、足をすり合わせているようだ。

「う……。えっと……うーん……わ、わかりました……」

慣れない様子で真理の、しかも仕事着である制服のシャツを着る彼女は、たまらなくそそられる。

「じゃあ、行こうか」

先にベッドを下り、さりげなく引き寄せ抱き上げると、満里奈は驚いた顔をして何度も瞬きした。

「こ、こんな、お姫様抱っこしなくても！」

「姫なんだからいいでしょ？」

そう言うと、満里奈はまた唇を噛み締める。

「仙川さんの、そういうところ、嫌いです」

プイと顔を横に向けたので、その頬にキスをした。

「いいよ、俺はそういうマリーも好きだから」

真っ赤な顔をした満里奈の顔を覗き込む。浴室に着いて彼女を洗面台に腰かけさせると、腕を引かれた。

「どうした?」

「どうしたもこうしたも、私だって、好きです、仙川さんが」

一瞬驚いてから、満里奈の言葉に喉の奥で笑って、そして身をかがめてその唇に再びキスをした。

「ありがとう」

洗面台に座る美人で若くて大切な人となった満里奈に、真理は今度は深い口づけをたっぷりしてから、抱き締めるのだった。

12

満里奈は、素敵な彼氏がいつか自分にも、と思っていた。

優しくて、カッコ良くて、背が高くて、そして絶対にパイロット、と言っていたのは、グランドスタッフになったからだが。

しかし、一度失恋してからは考えが変わって、最近やっと一人前に仕事ができるようになり、家族から自立をするのが先だと、それに専念するつもりでいたのに。

「マリー、そろそろディナーの時間だよ？」

満里奈は身支度を整え、会社規定のメイクではなく普段通りのメイクをして、声がする方へと振り向いた。

目の前の男は背が高くカッコ良くて優しくて、その上パイロット。今は普段着姿でにこりと微笑んでいる。

さっきまでＪＳＡのパイロットの制服を着ていて、自分を抱いていた時のエロい雰囲気を微塵も感じさせないイケメンぶりだった。

さらに彼は自分の制服のシャツを満里奈に着せてくれた。まさか素肌にパイロットのシャツを着るなんて思いもしない展開。

なんでこんなドキドキさせることをするのだろうか。仙川の天然タラシのような行動に、クラクラしてしまう。

満里奈は恋をしている、本当に不思議なくらいに。こんな恋が、自分の人生に組み込まれるなんて驚きしかない。

母にはきちんとＬＩＮＥで連絡を入れた。今日は友達の家に泊まってくる、と。

まだ彼氏ができたとは言っていない。何でもかんでも話すような間柄ではないからだ。高校生の時から、時々家にいても息詰まる時があり、友達の家に泊まることがあった。

母はお世話になっている友達の家に挨拶をすることもなく、親同士の交流もそういえばなかったと思い出す。

ぼんやりとモヤモヤすることを思い出してしまったが、気を取り直し満里奈は笑みを浮かべた。

カッコイイ彼を正面から見ると、そのモヤモヤも飛んでいきそうだった。

白のＴシャツに濃紺のジャケットと同色のパンツスタイル。Ｔシャツは丸襟で、首の露出が少ないデザイン。

そういえば、彼はいつも首を隠すようにボタンシャツもしっかり上まで留めている。人前でシャツのボタンを開けているのは見たことがない。もしかして詰まった感じが好きなのかもしれない。

「仕事のあと、いつもそういう服に着替えてるんですか?」

「ずっと制服着てるわけじゃないからね。マリーと同じだよ」

彼は満里奈の肩を抱き寄せ、鏡を見る。満里奈もまた鏡に映る、抱き寄せられた自分と仙川に視線を移して瞬きをした。

鏡の中の二人は、どこからどう見ても相思相愛のカップル。

心臓がドクンと跳ね上がる。

「仙川さん、最近スキンシップ多くないですか？」

彼の肩を押し、少し離れる。

先ほどまで抱き合っていながら、こういうことを言うのは違うと思うが。やたら可愛いと言われるのも、なんだか子供扱いのようだ。

「子供扱いしてません？　可愛いばかり言われるし」

むうっ、と唇を尖らせて顔を向けると、仙川はクスッと笑って前髪に触れた。

「俺は子供と抱き合ったつもりはないけどなぁ」

その発言に満里奈が目を見開くと、頭をポンポンとされた。こういうところが、と反論する前に仙川が口を開く。

「食事に行こうか、満里奈」

ここぞとばかりに満里奈って呼ぶのもズルイと思いながら、差し出された手を取る。触れ合うことで仙川の温かさが伝わってくるような気がしてくる。

手を繋いだまま部屋を出て、これから夕食。カニンガムホテルにはフレンチ以外にも、和食、中華などのほか、カフェラウンジはアフタヌーンティーも人気であることは、ＨＰを閲覧し知識として知っている。

エレベーターに乗る前から、廊下に敷いてある絨毯はフカフカで、フレンチレストランのあるフロアに着くと、またガラッと雰囲気が変わった。そこは白を基調としたモダンなデザインだった。

「仙川さん、私、こういうところに来るものはもっと大人になってから、って思ってました。マナーもよく知らないし……」

以前はこういう場所に憧れていてメチャクチャ行きたかった。しかし、今となっては前ほどではなかった。

けれどいざ来てみれば、本当に素敵で夢みたいな心地になる。だからこそなのか、とても緊張してきた。

「そんなに気にしなくていいよ。日本のフレンチはお箸で食べてもいいわけだし」

知識がないので、満里奈は目を丸くした。

「そうなんですか⁉　本当に？」

「うん、本当。メインはフォークとナイフがいるかもだけど」

心配しすぎた、とホッとした顔で仙川に笑みを向ける。大人の彼がいるって心強い。

「そういうのも、可愛いなぁ……」

クスッと笑われて、やっぱり子供扱い、と突っ込みを入れたかったが、もうすでにレストランの前だったので我慢する。

「ようこそ仙川様……二名様……えっと……」

仙川の顔を見るなり、仙川様、と声をかけるあたり、もしかして常連なのかと思った。仙川はとても資産を持っているし、常連でも不思議はないが。

「二名で予約したんだけど……もしかして、ほかにも仙川、いる？」

「大変失礼いたしました。仙川様、二名様、お席はご希望の窓側をお取りしています。おっしゃる通り、ご予約でご兄弟様が、それぞれご夫妻でお見えです」

そう聞き、彼の兄弟が同じ場所に居るのだとわかる。驚いて満里奈が仙川を見上げると、彼は額に手をやっていた。

「マジかー……でも、今からほかのレストランに変えるわけにはいかないしなぁ」

一度大きく深呼吸して、満里奈に困ったように微笑む。

「もしさ、兄たちに俺たちがいることがバレても、適当ににこにこしておいてね。俺、家族以外をこういう場所に連れてきたことないから……」

どういうことだろう？　と思いながら好奇心からあちこちに視線を向けてしまう。

「そうなんですか？　お兄さんって、どんな方ですか？」

満里奈が聞くと、うーん、と唸る。

「似てるって言われるけど、年が離れてるから、いつも子供扱いだなぁ……」

先ほどまで満里奈を子供扱いしていた、年上でしっかりとした大人な仙川が、家族からはいまだに子供扱いとは、意外だ。そんなことができるお兄さんを見てみたいと思う。

お席にご案内いたします、と言うギャルソンのあとをついていくと、窓際の四人掛けの席に案内された。満里奈が視線を巡らせると、彼の兄弟という人たちはすぐにわかった。

案内された場所から少し離れた、ゆったりとした四人掛けの席に着いていた。

仙川に面差しが似ている男性が二人いるのがひときわ目についた。彼らはスーツで、仙川と体型が似ていて細身で、オシャレなスーツがよく似合っている。

二人とも、目を引く端正な顔立ち。ちょうど仙川が十歳くらい年を取った感じ。

仙川の未来もあんな感じなのだろうか？　と思うとドキドキしてしまう。年を取っても若々しく、きっと十年後もパイロットである。素敵すぎると思った。

「マリー？」

「……仙川さんの兄弟って、あの人たちでしょ？　すごく、カッコイイ……！」

もちろん、失礼なので指さしはしないけれど、思わず興奮してしまう。さすが仙川の兄だけあって、華やかな雰囲気。しかも隣にいる二人の妻らしき人たちも目立っていて。一人はキリッとした清楚な美人で、一人はふんわりとした優しそうな美人だ。

「カッコイイ、って……もう、あんまり見なくていいよ……気づかれるとまずいからさぁ……」

「どうしてですか？」

満里奈が首を傾げると、仙川はため息をついた。

「年が離れているから何かとからかわれるんだよね。末っ子だからしょうがないけど」

満里奈と仙川が席に座ると、彼らはこちらに気づいたようだった。満里奈は仙川の兄弟のうちの一人と目が合ったが、すぐに視線を逸らす。

「兄弟の人たちが一緒だと、ダメですか？」

「ダメじゃないけど……。君とゆっくりできないっていうか。ああ、来たよ……長男次男そろって

……何も食事の途中で席を立たなくても……」

仙川ががっくりと肩を落としたところで、すぐそばにスーツを着た男性二人がやってきた。ニコニコしているその表情は、やはり仙川と似ている。兄弟ともに外国人寄りの顔立ちだが、仙川の方が優しくて柔らかい。兄二人は少し男らしさが際立つ感じだった。

「アキ兄、ミチがすっごい美人連れてきてるよ。初めまして、俺は真理のすぐ上の兄で、真央（まさひろ）です」

先に口を開いた彼がアキ兄と言ったので、目の前にいるのは仙川のすぐ上の兄、次男だと満里奈はわかった。ミチとは、仙川のことだろう。

そして、満里奈がアキ兄らしい長男に視線を向けると、瞬きをしてジッと見つめられた。なぜか、ちょっと驚いた様子で口を開く。

「ミチ、ここに女の子連れてきたの、初めてじゃない？　彼女？」

続けて次男の真央が満里奈を見てにっこりと笑う。兄弟の表情と喋り方は仙川と一緒だった。

ルーツが同じなのだと感じさせる。

「初めまして、木下満里奈、です」

席を立ち、二人を交互に見て頭をペコッと下げると、長男もにっこりと笑った。やっぱり仙川と表情が似ている。

「こちらこそ初めまして。兄の真朗（まさあき）です……ミチにはもったいないくらい綺麗な子だねぇ」

年が離れているだけあって、声も仙川より少し低い。

「ありがとうございます……」

この返事で合っているのかどうか、と内心冷や汗をかきながら挨拶をする。

「本当に……なぁ、ミチ大丈夫？　ちゃんと男出さないとダメだよー？」

仙川が頭を抱え、あーもう、と眉間に皺を寄せる。

「アキ兄もヒロ兄も、奥さん放っといていいの？　こっちチラチラ見てるじゃない。あの二人が来るのヤだよ？　戻って！」

ため息を吐き出して、どこかニヤニヤしている兄二人を見上げる渋面の仙川がいる。きっと頭が上がらないのだろう。当然だとは思うけれど。

「だって、ミチが女の子連れてるし……ねぇ、アキ兄」

「そうそう、しかもピッチピチの若い子だしねぇ……あー……俺らの奥さん、見てるなぁ、来るかなぁ？」

仙川はとうとうギブアップというように、両手を上げた。

「今度、きちんと挨拶に行くから、義姉さんたちが来る前に戻ってよ……」

こんなに年上にからかわれて困っている仙川なんて見たことがない。珍しいお手上げ状態の仙川に、満里奈は可笑しくなって声を出して笑ってしまった。

「笑った顔、すっごい、魅力的だね。君、モテるでしょ？　マリナちゃん」

いきなり「ちゃん付け」である。今度は満里奈が軽い口調で言われ、仙川と似た喋り方だな、と思いながら首を振る。

「そんなことないです。全然です！」

アキ兄と言われる彼が、クスッと笑って仙川を見る。

「へぇ、そう……でも、君みたいな素直そうで、可愛い子がミチの彼女でよかったなぁ。もうイイ年して、彼女も長いことといなかったから。今度ゆっくり、ウチにおいでね」

「わ、わかりました！」

軽くペコッと頭を下げ笑みを向けると、仙川の兄たちは満足そうな顔で席に戻っていった。

綺麗な奥様達もニコニコ笑ってこちらを見て会釈している。仙川に視線を戻すと、大きく息を吐き、額に手をやり肩を落としていた。

「全くなんでかなぁ、今日に限って兄二人が奥さん同伴でここにいるんだかねぇ……」

ぼやくように言った彼は、満里奈を見てすぐに微笑む。

「まぁ、いいか……気に入られたね、マリー」

「え？　そうですか？」

彼は無言で頷いて、グラスに入ったミネラルウォーターを口に含んだ。そうしたところで、前菜が運ばれてきた。

前菜は野菜と鶏肉、レンコンのテリーヌ、生ハム、小さなトマトのムース、とギャルソンが説明してくれた。

野菜のテリーヌは、緑やオレンジ色、黄色ととてもカラフルで、おそらくきっとかぼちゃや人参を使っているのだろうが、見ているだけで心が躍る。

一つの白いお皿に芸術品のように綺麗に盛りつけてあって、さすが高級レストランだと思う。満里奈は思わず目を丸くして満面の笑みを浮かべる。

「おいしそー！」

「どうぞ、召し上がれ」

仙川がそう言って、フォークを手に取った。

テリーヌを口に入れると、上品な味わいが口に広がる。まだまだ世間は満里奈の知らないことばかりで、今日はただ驚きの連続だった。そこで、はたと気がつく。

「仙川さん、あの……私、今日はそんなにお金持ってきてないんです」

さすがに奢られっぱなしだし、今日はこんな高級なところに連れてきてもらったのだ。少しは手持ちのお金を出したいと思う。

「別にいらないけど」

仙川はそう言うだろうと思っていた。けれど、甘えてはいけないような気がしているのだ。

「いえ、足りないと思いますが、もらってほしいです！　仙川さんとじゃなきゃ……っていうか、仙川さんと会わなかったら、カニンガムホテルのレストランで食べることなんてなかったかもだし」

もし同じ部屋に泊まったとしても、きっと仙川がいなければ全く違った印象になっただろう。

仙川ならばもっと上のグレードの部屋だって取れたはずだ。けれどそれをしなかったのは、満里奈に合わせてくれたように思う。

最初のホテルデートでいきなりスイートだと、満里奈が遠慮して緊張し、ゆっくりと楽しめないと考えた気がする。それでもいつも奢ってもらってばかりなのはよくない。

「あのさぁ、マリー……君の考えてることはなんとなくわかるよ。でも、ここはカッコつけさせてもらえるとありがたいかなぁ。せっかく、大事な可愛い人と来てるんだから」

前菜を頬張ったまま止まってしまう。大事な可愛い人と、というフレーズに、胸がドキンと跳ね上がった。

嬉しいと思うと同時に、それならば尚さら彼に恥じないようなしっかりした女性になりたい。仙川だけでなく、彼の兄たちも華やかでとても立派に見えた。

「で、でも、ちょっとくらい対等でいたいというか……こうされることに慣れてしまったらと思うと怖くて」

水を飲んで一旦、落ち着き、背筋を伸ばして仙川に視線を合わせて告げる。すると彼はただ優しく微笑んだ。

「俺はもともとセレブな店なんてよく知りもしないし。知ってるとしても、こんなところくらいだから、逆に申し訳ないけどね。いつもの手ごろなお店やラーメン屋で気負わずに君と二人で食べるのも好きだし。ただ今日はね、付き合って、君と初めてのデートだから……彼氏らしいことさせてほしいなぁ。次は、割り勘にしようよ、マリー」

男の人にご飯を奢ってもらったり、何かを買ってもらうのが楽だと思っていた自分は、今はいない。きちんと自分の足で立ちたいと思うから。

以前は専業主婦になりたくて憧れていたのに、今ではそんなことは考えなくなっている。例えばの話、仮に森との恋がうまくいったら、きっと満里奈は仕事を辞めただろう。しかし、本当にそうしていたら、自分はどうなっていただろうか。

もしかしたら、後悔していたかもしれない。それって全く人に頼りきりの人生だよね、ともう一人の自分が囁きそうだ。

「絶対ですよ」

「わかったよ。今日は、美味しいものをたくさん食べて、好きなワインでも飲んで、また部屋でゆっくりしない？」

にこりと笑った顔が、どこかセクシャルに見えた。

また部屋でゆっくりということは、きっと仙川と抱き合うということだ。

「あんまり、濃厚には……今日はね、きちんと泊まることを母にＬＩＮＥで伝えました。だから、明日まではゆっくりできて、嬉しいです」

仙川のことを好きになって幸せだと思う。彼は優しくてずっと一緒にいたいと思える。

満里奈の言葉に仙川が微笑んだ。優しく、満里奈を好きだと言っているような愛のある微笑みが、胸をキュンとさせる。

そのタイミングでスープが運ばれてきた。説明では冬瓜のポタージュで、スープの中央には胡椒が少々振りかけてあり、混ぜてお召し上がりください、とのこと。

さすがに説明も丁寧で、満里奈は感心しかない。白いクリーム色のスープは大好き、と思いながら目を輝かせる。

「美味しそう！」

「マリーがそうやって嬉しそうな顔をすると、ここに来てよかったなぁ、って思うなぁ」

仙川が顔を綻ばせてそう言うので、満里奈も彼に笑みを向ける。

「明日一回家に帰って、服を取ってきたらいい。そうしたら、俺の家から出勤できる。出勤時間が違うかもしれないけど、駅から電車に乗って行けばいい……どうかな？」

仙川の提案に、満里奈の鼓動が速くなった。

確かに、そうしたら仙川とずっと一緒に居られるし、自宅からよりも仕事に行きやすくなる。

「家族に遠慮してしまうなら、明日ちゃんと送るからね。でも、明日も一緒に居てくれるのであれば、着替え取ってきてもらって、マリーとゆっくりしたい」

それはまるで一時も満里奈を離したくないと言っているように聞こえた。二人の関係がそんなに急に進んでいいのだろうか。

「でもそんなことしたら、入り浸ってしまいそうだし！」

満里奈は照れくささを誤魔化すように、スープを口に運んだ。カニンガムホテルのフレンチだけあって、とても美味しい。こんな初めてのことを体験させてくれた仙川に感謝しながら全部スープを飲み切る。

「入り浸っていいんじゃない？　マリーさえ良かったら、ウチにおいでよ。気にするんだったら、きちんとご両親にも挨拶するからさ」

サラッと言われたから、脳内で処理するのにちょっと時間がかかった。

これは連泊どころか同棲しようということだ、とじわじわわかってきた。けれどまだ誕生日が来ていなくて二十三にもなっていない、こんな若い自分がやっていいことかと、真面目に考えてしまった。

でも年齢のことを言うなら、気にしているのは彼だって同じだった。年上すぎることを何度も言われた。でも満里奈は、最終的には彼を本当に好きになったし、付き合うと決めた。

両親に挨拶をする、という誠実な言葉は、もしかしていろいろ考えを整理できないでいる満里奈の背中をぽんと後押しするために、言ってくれたのかもしれない。

「本当にいいんですか？　できることなら仙川さんとずっと一緒に居て、ずっと入り浸っていたい。あの沼みたいな、沈んだら気持ちいいソファーで眠ってもいいんですよね？」

満里奈がそう言ったところで、仙川は視線を移し、ひらりと手を振った。どうも兄弟ご夫婦が帰るらしく、奥様達もにこりと笑っていた。

視線を戻した仙川は、満里奈を見て微笑んだ。

「いつでも、沈んだらいいんじゃない？　あのソファーを沼って表現するの面白いね、マリー。よっぽど居心地よかったんだね」

「はい！　きっと高いソファーなんだろうなーって思うんですけど、がっつり沼に浸かってみたいんです！」

仙川は可笑しそうに笑って、じゃあ、と言った。食事をするのを止めて、少し首を傾げて満里奈をじっと覗き込むように見つめてくる。

「明日から、ウチに来る？」

今日は友達の家に、って言ったらいい。でも、挨拶に来てくれるというのであれば、好きな人とルームシェアをすることになったと、正直に言いたい。

きっと母はいろいろと満里奈に難癖をつけるだろう。満里奈のことが基本的に気に食わないのだから。

もし、継父からも何か言われたら、はっきり言ってもいいのではないかと、そう思った。

満里奈だってもう立派な大人で、一人の人間なのだから、出て行ってほしいと言われているのに、結婚は認めないなんて言われたら、反撃していいはずだ。

「母に、一緒に住むこと、言っていいですか？　挨拶も、後日、きちんとしに来るから、って……」

「もちろん。可愛いマリーのためなら。そのつもりでウチに来るか、って言ったんだ」

仙川の言葉が甘くて、満里奈の心はズブズブのシロップの中に浸かっていく感覚だ。シロップの中に入ってしまったら、きっと抜け出せないだろう。

「……こんなの、私大丈夫かな。私、きちんと仕事はしても、人としての経験値も低いし……幸せすぎて、なんだか怖い……」

満里奈が視線を伏せてうつむきがちに言うと、彼は困ったように笑ってバカだなぁ、と言った。

「俺は、満里奈と別れることなんて考えられないし、これからも考えない。そんな、バカなことを考えるよりも、これから一緒に仲良く暮らすことを考えようよ。それにさぁ、俺はイイ年したオッサンなんだし、別れちゃったら、俺の方が立ち直れなくなるよ。別れるって言われたら土下座するなぁ……別れないでくださいい、ってさ」

今度は苦笑いしながらそう言ったのを聞き、満里奈の目からポロリと一筋涙が零れた。

これから一緒に将来のことを、仲良く暮らすことを考えよう、という言葉が胸に沁みる。母の再婚で家族は多くなったけれど、仲良く暮らすことができなかった満里奈にとって、嬉しい言葉だった。

すぐに涙を拭って大きく息を吸い、笑みを浮かべる。

「よろしくお願いします！」

満里奈が頭を下げれば仙川もまたクスッと笑って頭を下げた。

「こちらこそ、よろしく、満里奈姫」

「姫はやめてくださいよ。こんなところ初めて来たくらいの庶民ですから！」

笑いながら言うと、仙川はジッと満里奈を見た。とても優しい目だった。

「俺の中では、マリーは姫だからいいでしょ？」

嬉しくて、なんだか気恥ずかしくて。こんなに大事にしてくれる人がいることに、胸がいっぱいになる。

感激している満里奈をよそに、仙川はご機嫌のようだ。

「シャンパンでも飲む？」

シャンパン、と聞いて途端に目を輝かせると、ちょうど料理を運んできたギャルソンに頼んでくれた。

仙川はいつも満里奈を姫と呼ぶ。違いますと言いたい気持ちも大いにあるが、彼みたいな素敵な大人の男性から姫と呼ばれると、本当は嬉しい。

本物の姫じゃないので、ちょっとくすぐったくもあるけれど。

「でもあまり酔わないでくれるとありがたいな……ああ、でも酔ったマリーも見てみたい気もするなぁ」

「なんで酔ってほしくないんですか？」

すぐにシャンパンを注ぎに来たギャルソンがグラスにシュワシュワと注ぐのをジッと見る。それだけでなんだか楽しくなる。

「だって酔ったら、眠くなるし、眠くなったらセックスできなくない？」

満里奈がシャンパンに感動しているというのに、そんな生々しいことを言われ、目を何度も瞬きする。

もう彼に何もかも見られてはいるけれど、と顔を赤くしてしまう。

「だって、四日ぶりに顔を見たしね。それに君さぁ、気持ちよさそうにして。すごく可愛かったし」

仙川はグラスを持ち上げ、余裕の笑みでシャンパンを飲むが、こっちは一気に顔の熱が上がる。

「き、気持ちよさそうになんて、してません！」

「そうだったっけ？」

「そうです！」

満里奈もまたキラキラ輝くシャンパンをグイッと飲んだ。肩で息を吐き出すと、彼は相変わらず余裕の笑みを浮かべている。

「じゃあ、頑張って気持ちよくしてあげないとねぇ」

ウインクするぐらいの上機嫌の彼に、唇を噛んでこれ以上顔が赤くなるのを耐えたが、できるわけもなく。

カニンガムホテルのフレンチはとても美味しかったが、しかし考えるのはご飯を食べたあとのことばかり。

恋って人を馬鹿にさせる、と思いながらとても美味しい肉料理を頬張るのだった。

13

素敵なカニンガムホテルで、仙川と一晩過ごしたあと、一緒に朝食を取った。

高級ホテルでの朝食というだけあって豪華で、あれもこれも食べたいのに、満里奈の胃袋はすぐに限界が来てしまった。

また来ようね、と仙川から言われても、初めてのホテルデートの今だからこそ、たくさん食べて思い出にしたかったのに、と自分で自分にムッとする。

朝食のあとチェックアウトして、それから満里奈の自宅マンションの前まで送ってもらうことになった。彼と過ごすためには一泊分の荷物がいる。

その時、母に彼氏ができたこと、その彼と一緒に暮らすということを言うつもりだ。

少しずつ心の準備をしていって、どんな風に伝えるか。満里奈は頭の中でシミュレーションしていた。

実の母とはいえ、内容が内容なだけに、きっといろいろ言われると予想する。きちんと自分の気持ちを言って、と思うとちょっと緊張してきた。

心臓が変に高鳴り、満里奈は深呼吸をする。

カニンガムホテルから家まで、まっすぐに仙川は満里奈を車で送ってくれた。その車内で、ずっと緊張していたのが仙川には伝わったのだろう。

すぐに車を降りない満里奈を気遣い、彼は顔を覗き込む。

「マリー、俺も行こうか？　正式な挨拶はまたにして、今日はマリーと、って……」

「いえ！　後日、正式に挨拶ということでいいです」

満里奈は断固として断った。きちんと挨拶をしてくれると言ってくれた彼の誠実さに感謝している。

だから満里奈自身もしっかりしなければ、と思った。

あまり彼に迷惑をかけたくないし、自分の口から言ってけじめはつけたい。

「でも、挨拶、って結婚前提みたい、ですね」

満里奈が緊張を誤魔化したくてカラッと笑ってみせると、仙川は頭を掻いた。

「いや、前提って思ったけど……マリーは違った？　ちょっと温度差あるかなぁ……俺、先走った？」

恥ずかしいな、と額に手を当てる彼を見て、なんだか照れているようにも見えた。それが、満里奈の中で、キュンポイントを上げた。

キュンとするって、恋愛漫画の中だけだと思っていたが、本当にそんなことあるんだと実感した。

「いえ、そんなこと……嬉しいです！」

もともと付き合い始めから結婚前提と言ってくれたのだ。満里奈は本当に嬉しかった。仙川がきちんと満里奈のことを考えてくれて、今も親の前に顔を出してくれようとしている。

「荷物取りに行ってきます。できたら、スーツケースで身の回りの物も、持って行っていいですか？着替えも数日分……」

遠慮がちにそう言うと、大きな手で頭をポンポン、とされた。

「じゃあ、明日も仕事終わったら俺の家に帰っておいでよ。その代わり、きちんと君の両親には話をしたいから、予定を組むことにしよう。俺はいつも何日か家を空けるし、君も不規則だから、一緒の家に居たら二人の時間も埋めることができるね」

帰ってきたのは満里奈を包み込むような言葉で、もうあの家に帰らないでいいのだと思うと、ホッとした。

きちんと育ててくれたし、虐げられたわけでもない。でも、あの家では満里奈だけなんとなく別なのだ。継父と母は、双子の妹を介して繋がっている。だが、満里奈と継父は全く繋がりがなく、妹たちとの繋がりも半分だけだ。

母が満里奈に少し距離があるのも、しょうがない話だと思う。そして、いつもそっけなくされるのも、しょうがない。

でも、そのしょうがないという思いを断ち切りたい。

「ありがとう、仙川さん。じゃあ、ちょっと待っててください……できるだけ早く、戻ってきます」

「うん、わかった」

微笑み合い、満里奈だけ車を降りた。

目の前のマンションに行き、エレベーターに乗り込む。このマンションの一室を買ったのは、妹たちが小学生になるころだった。

結構長く住んでいたなぁ、と思いながら、いつもの通りドアの前に立ち、鍵を開ける。

「ただいま！」

すぐに誰か返事をしてくれるわけではない。大きな声を出すのは、自分を鼓舞するためだ。満里奈は靴箱から必要な靴を取り出した。と言っても、妹たちほど持っていないので、季節で履き替えるとしても、十足くらい。捨てていいものもあるなぁ、と思いながら、とりあえず玄関に並べた。すぐに持って行かないもしくは捨てようと思うものは、靴箱に片づける。

リビングに行くと母が座ってテレビを見ていた。今日は平日だから継父も妹もそれぞれ仕事と学校だ。

「お帰り、満里奈。昨日は友達のところに本当に泊まったの？　変なことしてない？　パパ活とか……」

いきなりムッとするようなことを言われるが、ぐっと我慢する。

「昨日ＬＩＮＥでちゃんと連絡したよ？　見てないの？　なんでそんなこと言うの？」

母は満里奈が外泊することが気に入らないのだろう。今まで真面目に生きてきたのに、なぜ自分の実の娘にそんな言葉をかけてくるのか。

母は再婚し、満里奈の妹たちができて、満里奈への対応が少しずつ変わっていった。今まで全く親としての義務を果たさなかったわけでも、あからさまな酷い差別があったわけでもない。それでも家族間の溝はあった。

「見たわ。でも、テレビでパパ活が流行ってるのを見て、なんだか心配になって。……満里奈は自分の容姿を武器にするなんて、そんなことしてないとは思うけど、まさか、って思って」

パパ活をするような娘に母には見えるのだろうか。いや、純粋に心配するとしても、帰ってこない理由にパパ活をあげるのは、ちょっと酷いと思う。

それに、何でも顔で決めつけるのはやめてほしい。母だって美人な方で、きっと同じことを言われたくないはずなのに。

「お母さんって、自分が初めて産んだ娘がそんなことをしていると、本気で疑っているの？」

今まで満里奈は母にこんなことを言ったことはなかった。

「何なのその言い方……私は心配して……」

「そんなことしてないし、する予定もない。きちんと働いた給料の中で何とかやってるから」

「あなたは綺麗な子だし、羽目を外しすぎたらだめよ？　とにかく家族に迷惑をかけるようなことはやめるようにね」

結局は迷惑をかけられるのを気にしているのか。そう思った気持ちが言葉に出る。

「私が家族に迷惑をかけるようなことをしている前提なの？」

そんなことはないけど、と母は困ったようにため息をつく。

「満里奈が仕事をしたあと、どうしているか私にはわからないし。知らない間に、何かしているかもしれないじゃない？　だから迷惑はかけないようにね、ということ」

そんなの、継父だって、妹たちだって、仕事のあとや放課後に何しているかわからないと思う。それを満里奈だけによく知りもしないくせに言われるのは、さすがに気分が悪い。

「ありがとう……でも、その心配なら妹たちの方にしたら？　私の高校生のころよりは、だいぶ羽目を外していると思うし、本当に進学できるのか、怪しくない？」

満里奈は本音をぶつける。今まで思ってもあまり言わなかったことだ。

でも、もう、いいやと思ったのは、仙川がいるからだろう。母は不機嫌そうに顔をしかめる。

「妹たちのことが嫌いなのはわかるけど、その言い方はどうなの？　あの子たちなりの生活があるの。あなたが言うべきじゃないでしょう？」

「私にも私の生活がある。何もしてないのに、私がパパ活をやってると疑う方が、親としてどうかしていると思うけど？」

母は目を見開いた。いつになく満里奈が反抗的だからだろう。怒っているのはわかるが、実際そんなことをやるような生活はしていない。

「もともと、不規則な分、仕事って言いながら外で何をしているかわからないじゃない！　だから言っただけよ！」

「どこか疎外感のある家にあまり帰ってきたくないの。お弁当作ってくれて本当にありがたい。でも、お母さんは再婚して変わった。妹たちが生まれてからは特に、妹たちの方に力を入れた。別にいいの、それは。……でも、社会人になって、ちゃんと自分の足で立とうと考えると、どうしてもこの家に足が向かないの」

はぁ、と大きく息を吐き出し、満里奈はまっすぐに母を見る。

「でもちょっと嘘ついた。本当は彼氏ができて、その人と一緒にいた。優しい人で、これからはきちんと自分の足で立つためにも、今日から家を出て行こうと思ってる」

「家を出て行く？　その彼と住むってこと⁉」

「そう」

「そういう浅はかな考えはやめなさい！　どうせ大した職業の人じゃないんでしょう？」

馬鹿じゃないの、と吐き捨てるように息を吐く。

なんで大した職業の人じゃない、と決めつけるのか、悲しくなってしまう。

「私の会社、一応一流なの。相手は会社の人。ジャパンスターエアラインに私は頑張って正社員枠で入ったのよね」

専門学校に行く時も反対された。そこまで成績が良いわけでもなく、大学は行かせてもらえないのが予想されたから専門学校にした。航空会社だったら見栄えも良いし、大きな会社ばかりだから、と航空会社に就職したくて専門学校を選んだのだ。

採用のほとんどが契約社員の中、頑張って正社員試験をパスして、最初から正社員として第一志望のＪＳＡに入ったのだ。

「私はＪＳＡの正社員になった。周りより少しだけお給料も高くもらってるし、今は自分の仕事に誇りを持っているつもり。それに、彼は同じ会社の人で、パイロットなの」

母は驚いた顔をして、満里奈を見た。

「え……？　パイロット？」

そんな母を見ながら、満里奈はさらに言う。

「大した職業の人よ。優しくて素敵な人……私は尊敬しているの」

まだ社会人となって二年目の満里奈だが、彼がどれだけ大変な仕事をしているか知っている。そして、働かなくてもいいほどの不労所得があるのに、今の仕事にやりがいを持って続けているのだ。

「私が正社員だとか、契約社員だとか、お母さんは興味がないかもしれないけど、今度、正式に挨拶に来るから。彼と一緒に」

それだけ言い切って、満里奈は自分の部屋に行った。

まずメイクボックスを持った。中には化粧水などの基礎化粧品からしっかりメイクができるものまでが入っている。修学旅行の時に買った五日分くらい入るスーツケースを出し、仕事に着ていく時の服、普段着、下着などを三日分ほど詰めた。

ヘアメイクの用品と、必要なものを詰めていると、足音がして母が部屋に入ってくる。

母が何も言わず見ていたので、満里奈は顔を上げて母に告げた。

「荷物はまた取りに来る。それと、大きな荷物は、引っ越し業者入れるね。妹のどちらかが部屋を使いたいって言うかもしれないけど、妹にはすぐに部屋を使うのは待つように言ってくれる？　勝手に私のものを借りて、自分のものにすることがあるから」

知らないうちに人のものを借りて、返してと言うともう少し貸してと言って返ってこないことはざらにあった。また何かなくなっているかもしれないが、それはあきらめるしかない。

「またそんなこと……。お姉ちゃんなんだから、そんなこと言わないでいいじゃないの！　お父さんにもきちんと話して出て行きなさい！　そんなのダメよ」

「お姉ちゃんだからって、言うのはもうそろそろやめて！」

母が満里奈の大声にビクッとしたのを見て、満里奈は目に涙を溜めて口を開いた。

「私は今のところ、この家で異端だと思うわけ。お父さんには電話する。きっと何も言わないと思う。……お母さんも、私のことちゃんと好きなら、私の私物くらい守ってほしい。お願い」

満里奈は頭を下げて、スーツケースを閉めた。

「仕事が早番の時に何度か分けて取りに来るから。鍵は、荷物を運び終わったら返すね。……きちんと彼と一緒に挨拶に来るから。それだけはお父さんに言っておいて。日付を合わせたいから、お願いします」

もう一度頭を下げ、目に溜まった涙を指先で拭き、母の横を通り過ぎた。

満里奈が靴を履いていると、母が後ろに立っていた。振り向くと、何とも言えない微妙な顔をして、下唇を噛んでいる。

「……満里奈のものは勝手に使わないよう、ちゃんと言っておくから」

「うん、じゃあ、また」

満里奈は玄関のドアを開けた。

涙は流したが、ドアが閉まる音が聞こえると、なんだかとても新鮮な空気が肺に入ってきたようで、呼吸がしやすくなった。

周りの景色さえも少しだけ違って見えるような気がして、満里奈は車で待っている仙川のもとへと急いだ。

彼は近くの駐車場できちんと待ってくれていた。

彼の顔を見たら安堵が込み上げてきて、足を速めた。気がついた彼が車から降りてきて、満里奈のスーツケースとメイクボックスを手に取った。

「荷物これだけ？」

取り急ぎ、必要なものや着替えを詰めたスーツケース。

もう、家族がいる家に帰らない。これからの居場所は、仙川の隣。ずっと、そうであってほしい。

「はい。……確認ですけど……私、これからずっと、仙川さんの家に帰っていいですか？　お泊まりとかじゃなく……」

トランクに荷物を入れた彼は、フッと笑って満里奈の頭を撫でた。

「もちろんですよ、姫。毎日、俺の家に帰っておいで」

満里奈はただ何も言わず、ギュッと抱き着いた。

「帰ります！」

彼が背中を優しく撫でてくれて、その温かい手にひどく安心感を覚える。広い胸に頬をこすりつけてから仙川を見上げると、彼も笑みを浮かべていた。

「とりあえず、俺の家に着いたらソファーに沈みますか？　姫」

「沈みます！」

仙川がそっと満里奈の背を押して助手席側の席を開けてくれた。満里奈が助手席に乗ったところでドアを閉めてくれて、自身も運転席に乗り込む。

「きちんと親に話せた？」

仙川がこちらを見てそう言うのを聞き、満里奈はちょっとだけ涙が出そうだったが、笑顔で答えた。

「はい。全部わかってくれたかわからないけど、私も言いたいこと言って出てきたので、大丈夫です」

彼は小さく息を吐き出し、頷いてわかった、と言った。

「できるだけ早く、挨拶の日にち、決めないとね。……ああ、それとウチも……あれからウチの兄たちからマリーのことを問い合わせるメッセージばかりで。俺の方の挨拶もお願いしていいかな？」

苦笑いでそう言ったのを聞き、満里奈もまた頷く。

「じゃあ、仙川さんの家にも、できるだけ早く」

「でも君の家の方が先だからね」

「はい……」

きっぱりと言ったそれが嬉しくて、でも、ただ返事をすることしかできなかった。

「じゃあ、今度こそ帰ろうか」

「はい！」

「じゃあ、早く帰ろうか」

車のエンジンをかけ、発進させる。

満里奈にはその横顔が頼もしく見え、この人を好きになってよかったと思った。

彼の家に帰る道はなんだか日の光のせいか、キラキラして見えた。

☆　☆　☆

仙川の家の中に入ってすぐ、満里奈は真っ先に沼みたいに沈むソファーへとダイブした。スーツケースは彼が持ってきてくれた。

母に言いたいことをあんなに言ったのは初めてだった。全部は言えなかったけれど、それでも清々しくて少し肩の荷が下りた気分。

そしてもう、ずっとこの家に住むんだという安堵に心が軽くなる。このソファーの包み込むような柔らかさが、疲れ果てた心を癒してくれるようだった。

もうずっとこうして、沼っていたいと思うほど。

「そんなに気に入ったんだなぁ」

「だって、絶妙な座り心地で、いい感じに沈んで……気持ちイイじゃないですか……横になったら背中も無重力です」

そう言って横になると、その足元に仙川が座る。

「今、無重力?」

「はい……このまま寝られそう……」

目を閉じるとスーッと眠りに入ってしまいそうなほど、心地よいソファー。値段も満里奈の家にあるものとは比べ物にならないくらい、良いものなのだろう。

昨日は仙川に抱かれて夢も見ないくらい深く眠ったのに、今も眠気を感じる。

きっと昨日は仙川の腕にいたから安心して眠れたのだと思う。

今はこのソファーに包みこまれた感覚が、仙川の優しさと似ているからかもしれない。

でも本物はもっと、優しいのだと知っている。

「仙川さん、来て」

薄目を開けて、満里奈が両手を広げる。

「どうしたの？」

彼が満里奈の身体の横に両腕をついて、満里奈を見ている。年はずっと上でアラフォーなのに、そんな風に見えないほど若々しい。

「キスして仙川さん」

今この時、この素敵な彼が、どんなキスをしてくれるのかと思った。

一緒に暮らすこの人と、この先、何気ない日常の中でキスをしたりするのだろうか。

「喜んで」

顔とそして身体も近づく。

満里奈が目を閉じると、唇を食むようなキスを何度か繰り返され、今度は舌先が満里奈の口の合間を開くようにして舌を絡め取られる。

「ん……っふ」

キスはどんどん激しいものに変わっていく。このような時にする息の仕方はまだ覚えたばかりだ。自然と彼の首に手を回して抱き締めていて、彼もまた満里奈の上に体重を預けている。

「せん、かわ……さん」

ほんの少し唇が離れた合間に息を吸いながら彼を呼ぶと、満里奈は体勢を変えられ、正面から抱き合うようにされた。

満里奈の足の間に彼の足が入って、内腿あたりに硬い彼のものが当たる。触れたらどうなるだろうとソコに手を伸ばして、スラックスの布地を押し上げるものを撫で擦った。

「……っ……マリー、いたずらはなしだよ？」

触れていた手を外され、その手のひらにキスをされる。

「触ったらどうなるかと思って……」

仙川が満里奈の言葉に可笑しそうに笑って、片手で顔を覆う。その顔のまま、覆っていた手でスラックスの前を寛げた。

「どうなってるのかわかるでしょ？　君に感じて大きくなってる。ゴムはスーツケースだし、お互いこうやって手で高めあう？」

満里奈の手を取り、仙川は自分のものを直に触れさせた。温かい体温と皮膚の感触。満里奈の手に余るほど大きいそれを親指で撫でると、彼の手もまた満里奈のショーツの中に入ってきた。

「は……っ……ん」

「腰を引かないで、マリー」

クスッと笑った彼は、満里奈の中に指を入れてくる。もう片方の手で満里奈のブラウスのボタンをはずし、下着の隙間に手を入れて胸の膨らみを優しく撫でた。思わず身体を揺らせば、より身体が密着した。

「さっきみたいに、撫でて擦ってよ、満里奈」

低い声で囁くように彼は言って、満里奈の中の長い指がそこを出入りし始める。

「あ……っあ！」

満里奈もゆっくりと彼を持つ手を動かす。フッと笑った仙川の目元がやけに色っぽくて。

そして普通のセックスよりも、なんだかこうやってする方が卑猥に思えて、それがより満里奈の身体を高める。

「や……っ」

「手が止まってるよ？　続けて」

余裕のある彼が満里奈の中の指を増やす。同時に別の指が秘めた部分の尖りを転がした。一方の手で、乳首もいじられる。もうずっと満里奈の腰は揺れっぱなしだ。

「ダメ……っん！」

手が止まってると言われたので動きを再開するが、いじられる下腹部の快感に気を取られ、結局すぐにできなくなる。ずっと満里奈は秘部を愛撫され、翻弄され、どうにもこうにも快感を追うしかなかった。

「いいよ、もう、イキな」

奥をグッと押され、その声を合図に満里奈は一気に上り詰める。

その瞬間、彼はすぐさま唇を塞ぎ、ゆっくり、しかし深く舌を侵入させて満里奈を蕩けさせた。

「んんっ！　はぁ……っん！」

胸も触られず、キスと彼と繋がる部分だけを指で愛され、達してしまっていた。

「ぁ……っは」

最初は痛かった。でも、仙川の体温や彼の表情、触れる手や、満里奈の中に感じる彼の指がどうしようもなく気持ちがいい。

ゆっくりと指が引き抜かれ、彼はスラックスをやや引き上げてから身体を起こした。自身のスーツケースを開け、避妊具を取り出す。

「よかった……っん」

再びソファーに座る彼が避妊具を着けるのを見ていたら、身体を起こされた。満里奈の服は乱れ、ほぼすべてのボタンが外されたブラウスの間からは、色づいた乳首が覗いている。そんな恥ずかしい格好のまま、彼の両足をまたぐように膝立ちにされ、満里奈はこの先がわかって羞恥に顔が赤くなる。

「あ……」

「そのまま腰を落として」

彼が下から見つめてくる。腰を落としたらそのあとどうなるかわかるが、すぐに実行できなかった。

「君の中に入れてよ、満里奈」

そう囁かれ、どうやって、と思った。けれど、腰を落とすだけだったらできるかもしれない。

「仙川さんの上に、座る、だけ？」

満里奈が言うと、彼はクスッと笑ってさらに耳元で囁いた。

「君の身体の入り口に俺のが当たったら、ゆっくり座って」

かすれた低い声に誘われるまま、彼の先端が満里奈の身体の入り口に当たったところで、腰を下ろしていく。

「はっ……ん」

徐々に入ってくる大きな仙川が、満里奈の中を硬く、熱く、満たしていく。

何とも言えない、ただ身体の中の足りないものが埋まる感覚。

それがよすぎて、気持ちがよすぎて。

「ん……っあ！」

完全に腰を落とし、すべてを受け入れる。全身を貫く抗いがたい快感に身を震わせて目蓋をぎゅっと閉じて耐えた。目尻に自然と涙が溜まり、それを仙川が拭ってくれる。

「トロトロだったけど、入ると、キツイなぁ……」

はぁ、と息を吐き出した仙川の声が色っぽくて、満里奈は彼のシャツを掴んだ。

「ねぇ、う、動い……て」

指先が震えていたと思う。

彼に突き上げてほしい、と高められた身体は正直で。思わず恥ずかしいと思いながらも動いて、と言ってしまった。

「了解、お姫様」

肌が当たる音とともに、彼の太いものが満里奈の中を侵食していく。

「好き、好き、仙川さん……っ」

満里奈が言うと彼は満里奈の両手を取って、手を繋ぎながら身体を押し上げるように動く。

「俺も、好きだよ、マリー」

仙川は額に汗を浮かばせて、満里奈をじっと見上げて気持ちよさげな色っぽい顔を見せている。

そのことに得も言われぬ嬉しさが込み上げてきた。

部屋には二人の荒い息遣いと、肌が当たる音が生々しく響く。それが二人の気持ちを一層高めていった。

「良さそうな顔」

濡れた前髪をかき上げた彼はフッと笑い、さらに強く下から満里奈の中を穿つ。

「あっ……っうん」

息が忙しなくなった。自然と唇を開くと、そこに唇を寄せられ、深いキスをされる。舌が絡め取られるだけで、どうしようもない熱さが下腹部を支配してくる。

息も唇も奪われた状態で、繋がれていた手を離して彼にすがり、強く抱き締める。

「ん……っふ」

もうダメ、と思いながら満里奈は唇を離し、彼の首にギュッとしがみついた。

あまりの気持ちよさに耐えきれず、中に入っている仙川を無意識に締めつけ、背を反らした。

「マリー……っ」

は、と熱い息を吐いた仙川は、腰を抱く腕に力を込めて剛直を最奥に押しつけてくる。

「はぁ……っ」

激しい快感を感じながら、満里奈は頭の中が真っ白になった。仙川の動きが止まり、息を吐き出して閉じていた目を開けた。

彼が少し身体を離し、満里奈の唇にキスをする。

「……ん」

濡れた音を響かせ、唇が離れていくと彼が微かに笑った。

「同時に、イったね……持っていかれた感じ」

満里奈の身体を少し持ち上げると、彼が体の中から抜け、途端に喪失感を覚える。

「あ、もっと、繋がっていたい」

つい口から零れてしまい、羞恥に顔が赤くなる。繋がっていた部分が疼いて、まるで最初から一つだったようにしか思えなかったのだ。

「ゴム、替えてからね」

クスッと笑った仙川が満里奈の服と下着を脱がし、自分のシャツも躊躇いなく脱いでソファーの下に放り投げるように落とした。そして新たな避妊具を手にしていて、噛み切って中身を取り出す。小さくキスをされたあと、満里奈は膝から下ろされ、うつぶせに寝かされた。もしかしてこの体勢は、と満里奈は恥ずかしさと同時にドキドキと心臓が波打つ。

「背中も綺麗だね」

背筋の窪みを指先がなぞる。仙川の手は綺麗だし、大きかった。そんな彼の手を思い出しながら、ビクリと身体を揺らす。

「ふ……っ」

腰を引き寄せられたかと思うと、確かな硬さを持った彼が隙間の入り口に当たる。

「この体位、やだ……っ」

「どうして？　また、入る角度が違って、イイと思うけどなぁ」

そう言ったあと、グッと隙間の入り口を仙川が埋めてくる。そして、満里奈の中の足りない部分をどんどん埋めていき、隙間なくぴったりと繋がった。圧迫感に大きく息を吐き出す。

彼の指先が尾骨のあたりを撫で、腰の湾曲に触れる。温かな手の温度と、その触れ方に満里奈は声を出してしまう。

「は……あっ！」

彼の言う通り、入る角度が変わって先ほどと少し違う部分に当たっていた。

あまりの気持ちよさに口から零れる声を止めることができない。シーツをぎゅっと掴んで、必死に堪える。

「良さそう……またすぐに、持っていかれそうなくらい、締めつけてくるね」

耳元でそう言われ、余計に恥ずかしさが増してしまう。

「動くよ？」

返事をする間も与えず、仙川が自身を満里奈の中に埋めては抜きを繰り返す。

濡れた音と皮膚が当たる音が聞こえ、満里奈は身体を支えられないほど感じてしまい、上半身をソファーに押しつけ、腰だけを仙川に支えられていた。

「あぁ……っ、せん、かわさん」

声が裏返ってしまう。それくらいの強烈な快感だった。

「顔、見たい……仙川さん……っ」

そう言うと、彼は身体を繋げたまま満里奈ごと身体を起こした。

「これで、いい？」

髪の毛をかき上げながら言う仙川は色香をたたえた男の顔をしていた。

手を伸ばすと、クスッと笑って満里奈を後ろから抱き締めてくれる。

心地よい肌の密着にさえ感じてしまい、小さく声を上げるとそれを合図に仙川が身体をゆっくりと揺すり上げてくる。

首筋に感じる温かみと呼吸の速さで、彼もまた満里奈の身体で気持ちよくなっているのだとわかる。

最初の印象はなんだか軽そう、でもカッコイイ人だった。そんな整った顔をしているイケメンが、満里奈の身体で気持ちよくなっている。それだけでなく、自分も彼に抱かれて二人で感じ合っていることに嬉しさを覚える。

まるで無重力みたいな沼のようなソファーで満里奈は仙川と抱き合い、幸せだった。

14

母に言いたいことを言って家を出た翌日から、満里奈は仙川の家へと帰るようになった。

遅番勤務で、できるだけスーツケースに詰め込んで荷物を元自宅から彼の家へと持って行く日が二日続き、早番勤務の時は、午後から自分で運べる荷物を運ぶことにしていた。

『引っ越し業者入れたら一日で済むよ?』

『業者を入れるにしても、まずは荷物を整理したいので、大丈夫です』

『費用の心配なら、一緒に住むきっかけを作ったのは俺だし……』

『私の意志で仙川さんと住んでいるんです。引っ越しの費用くらい大丈夫です!』

何度も大丈夫と仙川に言って、満里奈は彼と暮らす家に帰る。

昔の自分なら、すぐに費用を出してもらっていたかもなぁ、と心の中でつぶやきながら、今日もまた実家から荷物を持って帰ってきた。

できるだけ継父と妹がいない時間に、と思う。母親にはなんだかんだで、荷物を取りに行くたびに心配をされている。

『挨拶に来るって言ってたけど、いつなの? 満里奈はまだ若くて、ついこの前まで未成年だったのだから、騙されているんじゃないの？』

何度も似たようなことを言われるたびに、この人は自分よりも弱い人間なのかもと考え始めていた。

母が継父と妹の方を大事にするのは、彼女がそうしなければ生きていけないからなのだろう。満里奈を大事にするよりも、その方があの家では都合がいいのだ。

そうしていくうちに、満里奈を振り回すような言動が出てきたのかもしれない。

母に心配をされて嬉しいと思う時もあったが、今はそうじゃない。今はとても大人になった気分だった。

「仙川さんが騙すような人だったら、あんなに書き置きなんてしないよねー……それに、仙川さんってば、忙しいしなぁ」

満里奈と会う時間が合わずすれ違う時、彼は必ず一言メモを書き置いていく。簡単なものだが、そのメモを実は全部取っていて、最近専用のファイルにまとめている。

行ってきます、四日後帰ります、三日後帰ります、今日は一緒に夜ご飯食べよう、先に出ます、遅番の日はくれぐれも気をつけて帰ってくるように、など一緒に暮らしているから知ってほしい一言一言が嬉しい。

時々読み返しては、ドキドキしたりニヤニヤしたりと幸せだ。

そしてまた、彼はとても字が綺麗で、聞くと書道三段、ペン字二段とのこと。小学生のころから高校生まで書道をしていて、何か賞をもらったこともあると言っていた。

もちろん、仙川が有名大学を出ているのは社内報で知っていて、それからさらにそういうチートのような特技まで持っているなんて、どれだけなんだと満里奈は突っ込みを入れたい気分だ。

ただ字が綺麗なだけではなく、そこに柔らかみのあるところが彼らしくて、彼の書く字をずっと見ていたいとさえ思う。そして、家に帰って彼が仕事でいないのが、ものすごく寂しい。

満里奈が彼の家に住むようになってまだ一ヵ月に満たないが、仙川の帰りがいつも待ち遠しい。

数日前のメッセージで、今日帰ってくるとあった時、飛び上がるくらい嬉しかった。

おまけに満里奈は早番勤務で、二日休みという互いの休みが合う。

いつもなら早番の時は特に実家に立ち寄り荷物をいっぱい持ち帰るのだが、今日はそうしなかった。

もうすでに帰宅しているだろう彼に会いたくて、満里奈はどこにも寄らずに一目散で家に帰った。

彼の家に着くと、玄関には揃えられたストレートチップの革靴があった。

嬉しくなって靴をポンポンと脱いだあと、不意に振り返って彼の靴の隣に自分のパンプスを丁寧に揃えた。

「私の靴と全然大きさが違う」

靴を並べると、彼氏と一緒に住んでます、という感じがして、思わず笑みが零れてしまう。

「マリー?」

少し遠くから声が聞こえ、満里奈はスリッパを履いてパタパタと走った。

「おかえりー、お疲れ様、マリー」

キッチンにはエプロン姿の彼がいて、満里奈は四日ぶりの彼に抱き着いた。

「お帰りなさい、仙川さん！」

「おおっと……！　熱烈歓迎だねぇ」

満里奈の体当たりのような抱き着きに、身体を少しよろけさせながらもクスッと笑って受け止めた彼は、優しく抱き締め、額を撫でた。

「お腹空いてる？　ちょっと前に兄からもらった素麺がいっぱいあってさぁ、付け合わせも作ったから一緒に食べようか？」

「はい！」

満面の笑みを浮かべ返事をした満里奈だが、ふといつも作ってもらいっぱなしでは？　と、瞬時に真顔になった。彼がいない間は、適当におにぎりを食べたりしただけで、キッチンを使ったといってもお湯を沸かしたくらいだった。

「どうした？」

彼の腰に回した手を離し、満里奈はちょっとうつむいた。

「すみません……私ってば、掃除と洗濯はできるんですが、料理がまるでダメで……」

掃除と洗濯は実家でもやっていたのだから不安はないのだが、料理はほぼ作ったことがない。広い家は掃除のやりがいがあったが、割と大変だった。

ハウスクリーニングを週に一回入れているとは聞いており、満里奈が掃除するよりもきれいになっている。

「じゃあ、明日にでも一緒に作ろうか？　手始めにカレーでもどう？」

一緒に作ろうと言われて、なんだか心がパァッと明るくなってくる。

「本当ですか⁉　野菜の切り方はわかるんですが、きっと遅いと思いますけど、いいですか？」

「もちろん。それと、ご飯食べながら今後のことを話そうか？」

それは二人の将来のことだろうか？　満里奈は自分の家族のことが頭をよぎり、一瞬暗い気分になってしまう。けれど、きちんとこれからのことを考えてくれる仙川のその優しさと誠実さがありがたいと心から思った。

「そうですね」

カウンターに素麺と食器を並べた彼は、エプロンを外した。満里奈は先にカウンターに座り、薬味も置かれていることに感心する。綺麗な素麺の器の横にはキュウリやハム、オクラや錦糸卵が入った小鉢も置いてあった。

ネギとショウガを麺つゆに入れたところで、彼が隣に座る。

「君の家への挨拶なんだけど……明日と明後日が平日だから、土日がいいよね？　マリーもそうだけど、俺も不規則だからさぁ……」

「そう、ですね……母は専業だけど、父は建設会社で事務をやってますから。基本、土日が休みです」

満里奈は近くにあったバッグを持ってきて、スマホを取り出しスケジュールを見る。

「今度の日曜は休みです」

「あ、ちょっと待って……俺は今度国内だから……」

彼もまたカウンターに置いてあったスケジュール帳を手に取り、指先で今週の部分をなぞる。

「あ、俺も一緒……じゃあ一応、その日を確認してくれる？」

「はい、まずは聞いてみます。……次の候補はどうしましょう……いつが休みですか？」

第二候補も決めておいた方がいいだろうと思い、満里奈が問うと仙川がちょっと難しい顔をした。

「俺は……あー……二週間後の土曜かなぁ……結構空くけど……」

「仕事だから仕方ないです。私は、その日は遅番だから午前中だったら……」

二日続けて一緒の休みのあとは、スケジュールを照らし合わせると、それからしばらく休みが合わなかった。

「私と仙川さんって、休み結構合わないですね」

「まぁ、こんなもんだよね……俺たちの仕事は盆も正月もないんだからさ」

そう言ってスケジュール帳を閉じた仙川は、素麺を口に運ぶ。満里奈もそれを見て食べ始めた。

「マリーのお母さんは、マリーと似てるの？」

「顔ですか？　目元は似てるって言われることもありますけど、私はどちらかというと父親似です。

結構イケメンで、母って面食いだから、今の父も割とイイ顔してます」

へぇ、と言いながら仙川が身を乗り出して少し首を傾け、満里奈の顔をジッと見た。

「君が美人だから、似てたら結構美人かなぁ、って想像した」

その言葉にちょっとムッとして、満里奈は素麺を啜ってから少し頬を膨らませた。

「母が美人だったら嬉しいですか？　確かに母は周りから綺麗な人だとは言われてましたけど。母はイケメン好きですから、仙川さんに見惚れるかもですね」

「君のお母さんだから想像するんじゃないか。好きな人のルーツなんだし。きちんと挨拶して歓迎してもらいたいって思ってるだけ」

にこりと微笑まれ、満里奈は瞬きをする。

「まぁ、マリーから聞く限りでは、家族とはそんなにうまくいってないみたいだけど、それはそれでいいんだよ。世の中、家族と仲がいいからって、それが正しい家族の在り方というわけではないし……それにさぁ、君のお母さんにジッと見られても、俺が好きなのは、木下満里奈なんだからね。正義感もあって、はっきりと物が言えて、綺麗で可愛い、仕事を頑張ってる、マリーだけが好きだから」

ね、と言われ、満里奈はちょっとだけウルッときてしまった。

「私は、本当は家族のこと、好きではないと自分で感じています。もっと、家族と仲良くしたいじゃないですか！　……でも……」

「ごめんね、ちょっと落ち着いて、マリー……家族のこと話してごめん」

彼は満里奈の目尻に溜まっている涙を指先で拭き取った。

「俺的にはね、君のお母さんは君のこと大事に思っていない、ということはないと思う。ただ、大好きなマリーが今の家族のせいでそんな顔をするなら、俺がこれからずっと君と一緒にいて守ってあげたい。それこそ、きちんと挨拶を済ませて何の心配も憂いもなく、そばにいたいなぁ」

満里奈は彼の言葉に救われた気持ちになった。家族のことは今までは一人で耐えてきた。それを守ってくれるというのだ。

「……ちょっと、プロポーズみたいです」

照れた顔を見られたくなくて、少しうつむいて答えた。これからずっと、の言葉が脳内で何度もリフレインして、それが嬉しくて頬が緩んでしまう。仙川は、あー、と言って苦笑いをし、カウンターに置いていた満里奈の手の上に自分の手を重ねる。思わず顔を上げたら彼と目が合った。

「そうだね、本当にプロポーズみたいだよね」

そうしてふわりと笑った。その笑顔にドキリと胸が高鳴る。

少し間延びした話し方だから最初の印象は軽く感じたが、満里奈のことを本当に思ってくれている、優しく頼れる大人の男性だと今は知っている。

恋は盲目と言うけれど、今は本気で、大好きな人。

「俺はさ、マリーより十四も年上だし、早くおじいちゃんになるんだけど……満里奈が俺以外の男と幸せになるなんて考えられないし……ほら、病める時も健やかなる時も、って結婚式で誓うでしょ？　あれさぁ、今まで俺はずっとそういう関係が続くかどうかわからないし、微妙な誓いだって思ってたんだけど……」

言葉を切った彼は、重ねた満里奈の手をキュッと握ってから続ける。

「満里奈となら、病める時も健やかなる時も、一緒に生きていけるって、そう確信してる。これから喧嘩もしないわけじゃないだろうし、すれ違いもあるだろうけど」

仙川は微笑みながら、ゆっくりと言葉を噛み締めるように話した。

「話し合って、気持ちを確認し合って、時には互いの心配もしながら、手を取り合って……ただいま、って言ったら、お帰り、って必ず言って……そうやって君とこれからの人生を生きていきたい」

いつもの彼の声が真剣味を帯び、本気で伝えてくれることに、胸が熱くなった。彼の言う通り、一緒に手を取り合って生きていきたい。

「付き合って、まだほんの少しの時間しか経ってないけど、名前が仙川満里奈になるのもいいんじゃないかなぁ……ほら、俺たち同じイニシャルになって、いい感じと思わない？」

「イイ感じと思います！」

「じゃあ、そうしようか」

「はい！」

「その前に、挨拶だね。さっき話した通り、マリー、家族に連絡をお願い」

家族に連絡、それが最初にすべき重要課題だ。満里奈はしっかりと頷いた。あまり電話はしたくないが、これも自分が踏み出す一歩だと信じたい。

「必ず、今日のうちに……で、仙川さん！」

「はい、何でしょう？」

首を傾げた彼も、なんだかとても好きだと思う。

「キスしたい」

満里奈が言うと、彼は目を見つめたままフッと笑った。

「姫の仰せのままに」

仙川はそう言って満里奈の唇に自分の唇を重ねた。

彼といると、長らく感じたことがなかった誰かと一緒にいる幸せを覚える。重ねられた手も、心地よい唇の感触も、どうしようもなく心が満たされる。

何の憂いもなく、彼と一緒にいたい。

そう思いながら深くなっていくキスに応えるのだった。

☆　☆　☆

母に今週末空いているか聞くと、予定はないという返事だった。別日も提案したが、その日でいい、とあっさりと了承された。数日前の連絡だし日曜だから、予定を入れているのではないかと思ったが、そうではなかったらしい。

自分の家族だというのになんだか緊張してしまう。

普通は先に挨拶を済ませてから同棲を始めたりするのだろう。ちょっと順番は違うが、彼と一緒にこれから生きていくことをわかってもらいたい。

その日が近づくにつれ、緊張が高まっていく。二人で話し合い、手土産として彼が百貨店でプレスバターサンドを購入してきてくれた。

「マリーのお父さんは、建築系の会社員だったよね?」

玄関を出て、ドアに鍵をかけながら聞かれた。

「はい、そうです。何とかデザイン、っていう会社で、私はよく聞いたことがなくて……」

継父とはいえ、きちんと父の仕事くらい知っておくべきだったたと反省する。仙川はこれから満里奈の家族と会うのだから、情報は少しでもあった方がよかっただろう。

「仙川さんごめんなさい……私ってば、あんまり家族のことちょっと、知らないこともあって……普通だったら、本当の父親じゃなくても知ってますよね」

うなだれる満里奈に、仙川は微笑みながら頭を撫でた。

「だからね、普通って人それぞれなんだからいいんだよ。マリーの場合はさ、本当のお父さんじゃないんだし、うまくコミュニケーション取れなくて当然だよ」

それに、と仙川は満里奈の顔を覗き込み、頬を撫でた。

「俺も、ちょっと普通じゃない職業だと思わない？　でも、俺にはこれが普通だから」

確かにそうだ、と納得する。継父のように建築関係の会社で事務をやっているという人だったら、そうなんだ、で話は終わる。だが、仙川のようにパイロットです、と言われたら目を見開く人の方が多そうだ。

「そうですね！　では、行きましょう！」

「だね」

仙川の車に乗って、彼がエンジンをかけて車が動き出す。

彼の家から自宅のマンションまでの道のりは何度か往復しているので、見慣れた景色だ。

ただ、いつもと違うのは本当の意味でこれから家には帰らない、ということだ。こうやって車の窓からこの景色を眺めることも今後はないだろう。

なんとなく物悲しい気分になって、ふと車を運転する仙川の横顔を見る。

日の光が軽く当たって、やや茶色の髪が透き通るように光って見えた。肌の色も白い方だから、全体的に色素が薄いのだろう。

彼のキレイな横顔を見ると、曇っていた心が少し軽くなった気がした。この先、ずっとこの人と一緒にいるのだ。もう過去は忘れて、前を向いていこうという気持ちになった。

彼氏を見てテンションが上がるって最高だと、満里奈は思う。

「イケメンって、何かといいですよね」

満里奈がそう言うと、彼はちらりとこちらに視線を送った。

「どうしたの？　急に……」

「こっちのことです」

素敵な彼とこれから未来を築いていくのだと思うと、もう家に帰らないことなどどうでもよくなってきた。

寂しく悲しくなったら、仙川の顔を見て気分を上げることに決めた。

そうこうしているうちに、満里奈のマンションへ行き着き、彼はゲスト用の駐車場に車を止めた。

エントランスに入ってエレベーターに乗り込む。

そこで妹たちのことをふと思い出し、彼を見上げた。

「今日は休日だから、妹たちがいると思います。イケメーンって言ってくるかも」

仙川は満里奈の言葉に苦笑いをしながら頷いた。

「わかった、覚悟しとくね」

目的のフロアに着き、玄関のドアの前に立つ。自宅の前で一旦満里奈は深呼吸した。

そうすると仙川に手を握られた。

「挨拶したら俺たちの家に帰ろうね」

彼の言葉に頷き、インターホンを押した。しばらくしてドアが開く。

「……いらっしゃい」

お帰り、じゃないんだな、と満里奈は小さく会釈する。

満里奈は微笑んだが、母の顔はこわばっていた。

少し前までお帰りと言ってくれた母は、もう遠い人となったのだと自覚した。

「お母さん、仙川真理さん……結婚を前提にお付き合いしている人」

結婚を前提に、ときっぱり言って満里奈が仙川を紹介すると、母は硬い表情ながらも、仙川を見ると少しハッと目を見開いた。

「初めまして、仙川真理と申します。満里奈さんとは結婚を前提にお付き合いさせていただいています」

彼は微笑みをたたえて頭を下げた。その様子を見て、母はなんだか頬が少し赤くなっているような気がした。

これだけの整った顔立ちの男性だとは思わなかったのだろう。

「初めまして、満里奈の母、幸奈と申します。どうぞ、上がってください」

母も頭を下げ、仙川と満里奈にスリッパを出す。

玄関ホールを過ぎればすぐにリビングとなる、満里奈の実家。二つ部屋をくっつけたと言っていた仙川のマンションとは比べ物にはならない狭さだから、リビングまですぐだ。

そこには継父が座っていて、今年十八歳になる双子の妹たちもなぜか一緒にテレビを見ていた。きっと満里奈が彼氏を連れてくると知って好奇心でいるのだろう。

「ただいま、お父さん」

継父にそう言うと、何も言わず仙川に視線を移した。元からお帰り、と言う人ではなかったから、どうでもいいが。仙川を見る目は、やはり違っていた。

妹たちはテレビから目を離し、ポカンとした顔をした。それから彼女らは母と同じく頬を染め、目を輝かせている。

「わ！　うっそ、イケメン連れてきたよ‼」

「すっごー！　カッコイイ！」

騒ぐ妹たちに恥ずかしくなる。まず先に挨拶じゃないの、と思いながら満里奈は眉をひそめて彼女らを見る。

「さすがだね、お姉ちゃん。イケメン捕まえるなんて、美人なだけあるじゃん」

カチンときたが、その返しに無言で答えた。その言い方、と思うが、口に出すことはやめた。

「挨拶して。彼は初めて来たんだから」

妹たちに言うと、途端にむっとしたような顔をする。

「こんにちは、えっと、妹さん、かな?」

助け舟を出すように、若干困った顔をした仙川が満里奈を見ながらそう言った。

「妹の優里奈と紗里奈です」

挨拶をしないのでため息を吐き出しながら満里奈が紹介をする。ようやく頭を下げた妹たちは、満面の笑みで仙川を見つめる。その目がキラキラしていて、こういうのを目がハートだというのだろう。

血の繋がった妹たちは、なんだか以前の自分を見ているような気がした。彼女たちは素だが、イケメンを見ると舞い上がっちゃうところは、ちょっと似ているかもしれない。

「はい、優里奈って言います！」

「私は紗里奈です！　近くで見てもイケメン！」

仙川は困った顔を苦笑に変えてから、満里奈を見る。しかしすぐに、妹たちの後ろを見るように視線を動かした。そこには先ほどまで座っていた、満里奈の継父が立っていた。

なんだか不機嫌そうな様子で仙川を見ている。

「初めまして、仙川真理と申します」

「満里奈の父です。優里奈、紗里奈、部屋に行っていなさい」

継父がぴしゃりと言ってくれたので助かった。二人はしぶしぶ部屋へと向かう。

仙川は黒のパンツに白のシャツ、黒のジャケットを着ていた。そもそも、彼の私服はそんなに見たことはないが。こういうジャケットスタイルは彼のスタイルの良さが際立ち似合うと思った。

継父はそんな仙川を値踏みするように見ていて、服装の一つ一つを確認しているようだった。どこか品定めする感じで、なんだか嫌だった。

「座ってください、仙川さん……今、お茶を用意しますね」

「ありがとう」

満里奈がそう言うと、彼は手に持っていた紙袋を母に差し出した。

「お口に合えばいいのですが……召し上がってください」

仙川が用意していたバターサンドを母に手渡すと、顔がぱっと笑顔になった。

「まぁ、バターサンド……！　大好きなお菓子なんですよ。ご丁寧にありがとうございます」

母は大げさなくらいに喜んで、それを受け取った。

「今お茶を入れますね。どうぞ、座ってください」

「ありがとうございます」

仙川が丁寧に頭を下げ、母がこちらにどうぞ、とソファーへ案内した。小さく頭を下げ、彼が座ると母は微笑み、キッチンへとすぐに向かった。いつもと違い、やたらと愛想がいい。

「お茶、私がする」

そう言って後ろから母に言うと、先ほどとは打って変わって母はため息をついて振り返った。

「いつも手伝わないのに、別にいいのよ。あなたも座ってなさい、満里奈」

確かにいつも来客時は手伝わないけど、お茶くらい淹れられる、と思いながらソファーにいる彼を見る。その視線に気づいた仙川は、目線で満里奈に座るよう促した。

満里奈はうつむいたまま小さく頭を下げ、仙川の隣に腰を下ろした。

母が四人分のお茶と皿に載せたお菓子をテーブルに置く。全員着席したところで、一瞬、シン、とした空気が漂った。

それを破ったのは継父だった。

「満里奈と一緒にお住まいになられるそうで」

いつもよりも声が低い。満里奈の本当の父ではないが、父親としての義務は果たしてくれた人だ。妹たちへの態度と比べると、明らかに温度差はあったし、子供のころ頭を撫でてもらった記憶はない。

「はい、満里奈さんも一人暮らしを希望していたので、一緒にどうかと私から提案しました」

仙川は淀みなく答える。もともと姿勢は良いのだが、背筋をすっきり伸ばした姿は、とても頼もしく思えた。

彼もまた緊張しているのだろうとは思う。でもこうやって挨拶に来てくれてありがたいと思った。

「満里奈と同じＪＳＡにお勤めで、パイロットだとお聞きしたんですが……失礼ですがおいくつですか？」

満里奈より年上なのは見てわかるだろう。やっぱり聞くよね、と思いながら満里奈は気持ちを落ち着けるためにお茶に手を伸ばした。

彼はにこりと微笑み、はっきり答える。

「今年三十七になります。満里奈さんとは、十四歳離れています」

「ご結婚されたことは？」

訝しげに聞く継父の言葉に不快感を覚える。なんでそんなことをわざわざ聞くわけ、と思っていたが、仙川はいたって淡々と言葉を発した。

「ありません、縁がありませんでしたので」

彼の様子は職場で同僚と話す感じでも、乗客に話す感じでもなかった。いつもの間延びした軽い話し方でももちろんなく、満里奈が今まで見たことがないような、堂々とした年相応の大人の態度だった。そのことにとても安心する。本当にこの人を好きになってよかったと思った。

しかし、継父の口調は不機嫌そのものだった。

「満里奈との付き合いは、結婚を前提とされていますか？　一緒に住むというからには、そうでないと許可できませんが」

継父がさらに声を硬くしながら言った。明らかに不満が滲んだ声だ。

「正直、いくら職業が安定しているとしたって、十四も離れているという年齢さえ、ちょっとどうかと思う気持ちがあります。満里奈はこの通り容姿だけは美人ですし、他にも年齢に見合った良い人を見つけられると思います」

あからさまな渋面を浮かべ、なんでこんなことを言うのか。それほどまで満里奈のことに関心を持っていたことなんて、かつて一度もなかったのに。

「常々妻が満里奈に一人暮らしをするように言っていたのですが、その理由は時間が不規則で、家族がそれに振り回されてしまうことが多くなったこともあります」

もっともそうに聞こえるが、働く時間が不規則だからといって家族全員に迷惑をかけていたわけではない。それを今、挨拶に来た娘の相手に言うのか？　と苛立ってくる。

「お父さん、時間が不規則になるのもちゃんと説明したつもりだったけど、今、言わなきゃいけないこと？」

思わず口を出してしまった。

もう嫌われてもいいやと思ったのだ。どうせもう、この家を出るのは決定しているのだから。

満里奈の反論に母は黙ったままだったが、継父は満里奈を一瞥しただけで、さらに続けた。

「下の娘二人は、受験も控えていますので……それに、実家は楽をする場所ではないから、一度自分の力で一人暮らしをさせたいんです。だからといって、決して結婚に逃げてほしくないんですよ」

本当はどうでもいいくせに、なんで今になってこんなことを言うのだろう。ただ満里奈に難癖をつけたいだけの継父にはうんざりする。

ずっと年上の仙川と一緒にいる、それは甘えと言いたいのだろうか。そもそも仙川と住むことをそんなに反対するほど、継父は満里奈のことを何も思っていないはずだ。こんな面倒な人たちに、大事な自分の人生に横槍を入れられるのはうんざりだ。

だから、満里奈も顔を上げてきちんと自分の意志を告げる。

「お父さんがそう言うのだったら、私も本音を言うけど……別に私、結婚に逃げるつもりないし。

好きな人に出会ったから、一緒に居たいって思うのは、逃げなの？」

何でもかんでも、満里奈を否定するような言葉を口にされ、結局は妹を優先することを言われる。もう継父には従えないと思った。

「資金は出してもらおうって思ってないし、楽をしたいわけでもないし、家族に甘えるつもりもないから家を出たいの。お父さんが私より優里奈と紗里奈を優先したい気持ちもわかるけど、そんな風に私を否定しないでほしい」

言い返すように言うと、継父は眉間に皺を寄せて厳しい顔をした。

「実際楽しているのはその通りだろう？　お母さんが満里奈の弁当を作るのに時間だってかかっているんだぞ？　就職したら一人暮らしを始める人なんてたくさんいるのだから、彼氏と同棲の前にまず一人暮らしじゃないのか」

高校生のころはともかく、専門学校の時は家にアルバイトのお金を入れていた。今だって、お給料から生活費を入れている。

そんなにお弁当を作りたくなかったのか、と母を見た。満里奈の方を見ようともしない母の心はわからないが、迷惑だったのかと思うと心が痛い。

「安い家賃の寮は空きがなくて……今のお給料だと、一人暮らしをすると若干厳しめで、貯金を切り崩さなきゃいけないかもしれないし。現実的にはうまくいくかどうか不安で……」

生活をするためには必要な家電もいるし、準備にはなにかとお金がかかる。払えないことはないが、生活の安定を考えると、もう少し貯金したいところだった。

一度言葉を切ると、継父が大きなため息を吐き出す。

「不安ってなんだ？　だからそれが、結婚に逃げているようにしか見えないから、言ってるんだ。不安の前に、実際に一人で生活をしてみないとわからないだろう？　切り詰めることもやらないと、親のありがたみもわからない」

母が継父をほんの少し微笑んで見ている。母も同じ気持ちなのだと思うと、ちょっとがっかりしてしまった。親のありがたみなんて、妹たちよりも満里奈が一番わかっていると思う。

だから、きちんと気持ちを言わないとダメだ、と満里奈は意を決する。

「私の本当の父親ではないけど、お父さんには感謝してる。親のありがたみなんて、紗里奈や優里奈よりもよくわかってるつもりだった。学校にもきちんと通わせてくれたし。自分の娘じゃないのに」

「お父さんは、満里奈に甘えて生きてほしくないし、十四歳離れている人じゃなくても、という気持ちがあるだけだ。それでもそうする、というのなら好きにしなさいと言うしかない。ただ、お金目当てで結婚しても幸せになれないからな、満里奈」

「そんな失礼なこと、仙川さんの前で……！」

思わず腰を上げて身を乗り出そうとすると、仙川がやんわりと止めた。

「いいよ、とりあえず話聞くから」

仙川はぎゅっと満里奈の手を握ってくれた。力強いその手に心が次第に落ち着いてくる。

「続けてください」

彼が両親に笑みを向けると、今度は母が口を開く。

「仙川さん、満里奈は何もできませんから……ちょっと恥ずかしい気持ちもあります。経済的にも安定していて素敵な人だと見てわかりますが、満里奈はまだ若いので、仙川さんもそうやって甘えさせているのかも、と思ってしまいます」

何もできないのはわかっているけど、これから頑張るつもりだし、と心の中で思うけれど。両親ともに満里奈の決めたことを否定したり、何もできないを強調して反対をされたりすると、どうしても悲しくなる。

「仙川さんが立派な人だから、彼氏だから一緒に住めばいい……そういう甘い考えを持っていると思うんです。航空会社に就職した時から、満里奈は結婚ばかり考えていると思って……」

確かに家から早く出たくて彼氏を作ったら口実になるからと、合コンに行っていた時もあった。母だけは満里奈と血の繋がった本当の母親だ。でも、こんな風に娘に嫌味を言って、娘を貶める人なんだな、と知った。

「別に私は甘えているわけじゃない……仙川さんが、好きなの！　今のお父さんとお母さん、明らかに私に対して意地悪なコトを言ってるよね？　一人暮らしをして女として修業してから結婚しなさいなんて、今初めて言われたんだけど！」

こんな風に両親に思われていた、ということがとても悔しい。

「出て行ってほしい、って遠回しに言ったこともあるくせに！　いざ出て行くことになったら、なんでそんな嫌味を言うの!?」

満里奈が少し大きな声を出し反論すると、仙川がそっと満里奈の肩に触れた。それからキュッと肩を軽く握ると小さく頷き、大丈夫だよ、とでも言うように微笑んだ。

「今までのお話をお聞きしていて思ったんですが……ご両親が思うよりもしっかりしたお嬢さんです。自分に正直で、素直な人で、私も安心してお付き合いができています」

それに、と彼は続けて両親を見ながら口を開く。

「私たちが勤めている株式会社ジャパンスターエアラインは、経営不振が続いた年があるため、全ての職で入社のための選考が他社よりも厳しいです。客室乗務職でさえ、まずは契約社員からのスタートも多いです」

仙川はゆっくりとした口調で諭すように職場での満里奈のことを話した。

「そんな中、満里奈さんはそもそも契約社員スタートが主のグランドスタッフに、正社員で入社している。彼女は非常に努力をされています。別に料理ができなくても、十分に自慢していい娘さんだと思います」

満里奈が嬉しくなるような言葉を仙川は言ってくれた。彼にそう思われているのなら、それに応える仕事をしなければいけない。そんな気持ちにもなった。

「結婚式などは二人で話し合って決めたいと思います。満里奈さんは結婚式などの形式的なことにはこだわらない人だと思います。満里奈さんのために、最善のことをしていきたい……そう考えています」

彼がそんな風に満里奈を見ていたのだと思うと、面映ゆい。また、嬉しく思う。

仙川を好きになってよかったと、心から思った。

満里奈はウエディングドレスを着たいとか、そういうことも全く考えていなかった。だから、形式的ではなくても写真だけでもいいと思っている。

彼も同じ考えだったことがありがたい。

黙って仙川の言葉を聞いていた母はちらりと継父の様子を窺った。それに反応するように、継父が口を開く。

「では、満里奈は自分で何でもするので、これから私ども親の援助は必要ない、ということでいいですか?」

継父から言われた言葉は冷たいものだったが、いかにも言いそうなことなので驚きはしなかった。

しかし母は眉間に皺を寄せ、継父を見上げる。

「満里奈は私たちの娘でしょう? 全く何もしないのは、少し違うのではないの?」

母なりになにか娘にしてやりたいという気持ちがあるようで、それがわかっただけで少しだけ報われたように感じた。しかし継父はそうではないようだった。

「そうかもしれないが、俺はきちんと君の娘への義務は果たしたし、満里奈が結婚するなら少しくらいはと思っていた。でも、自分で何とかするなら、もう仙川さんの言う通り大人なんだし、それでいいかと思う」

それに、とちらりと満里奈を見て笑った。

「夫となる相手に高い収入があるのなら、専業主婦にでもなれる。心配はいらないだろう。私たちがこのまま、親としての務めを終わらせても」

そう言って継父はソファーにゆったり背を預けて腕を組み、もう話は終わったとばかりに大きく息を吐き出した。

継父の言う通り、そうなろうと思っていた時もあった。もしも森とうまくいったら、仕事を辞めていただろう。

けれど、もうあのころの満里奈ではない。今は仕事を続けたいと思っているし、それは仙川も知っている。

それにしても、こう目の前で親の役目は終わったと宣言されると、少しは傷つくものだなと、覚悟をしていたにもかかわらず、満里奈は心の中で小さくため息を吐き出した。

「そうですね。満里奈さんには仕事を辞めてもらっても構わないですし、心配もいりません。ですが、彼女は彼女なりのやりがいを感じて仕事を頑張っているので、そんなことは言わないで頂きたいです」

そうしてにこりと微笑んだ彼は、握っていた手を離し、満里奈に微笑んだ。

「満里奈さんのこと、ちょっと会っただけなんですが、兄たちも気に入っていて、できれば今日、このまま私の家に挨拶をしに行くつもりです。先ほどの義務を果たしたという言葉で、私も満里奈さんをより幸せにしてあげなければ、とそう思いました。お父様は、建築関係の会社で勤務なさっていると聞きましたが、お間違いないですか?」

「そうです。とはいっても私は現場に出る営業などではなく、事務職ですが」

いきなり仕事の話になって、継父が目を瞬かせた。

「実は私の実家は建設会社を経営しているんです。父は他界していますが、母は存命で七十二歳です。十歳上の兄と、五歳上の兄がいます。上の兄は仙川建設株式会社、下の兄は仙川不動産の社長をしているんですよ」

「仙川建設株式会社……！」

仙川の実家の紹介が終わると同時に、継父は驚いた声を出した。

「もしかして、仙川真朗社長、の？」

「兄をご存じで？　兄の真朗は社長なのにどこにでも自ら挨拶に行くみたいで。仙川建設は上場をしていないから、そんなに有名ではないかと思ってました」

「この業界で仙川建設といえば……知らない人はいないくらいで……」

継父の顔色が先ほどと全く違っている。声色も少し震えていた。

「いや、珍しい苗字だとは思いましたが、まさかあの、仙川建設と仙川不動産の社長のご兄弟とは……」

なんだこれ、と思うくらい継父は態度が変わって、しきりに汗を拭っている。少し前まではどこの馬の骨とかそういう感じだったし、満里奈に対しても冷たかったのに。

意外と長いものに巻かれるタイプだったらしい継父を見る。逆によくわかっていない母の方が困惑していた。

「お父様やお母様がご心配なさる気持ちもわかります。職業が安定しているといっても、十四も年齢が離れていますし、そういう私みたいな男のもとへ、一緒に住んで楽をして、結婚して逃げるようなこと、というのももっともなことですが……親としての義務を果たされたとおっしゃるのなら、私は満里奈さんとできるだけ早く結婚して、一緒に生きていきたいと考えています」

仙川が継父の言葉の揚げ足を取るように言ったことで、継父の顔がだんだん青ざめてきた。

「いえ、まぁ、それは……」

「お母様も、満里奈さんが何もできないことを恥ずかしいとおっしゃっていましたが、満里奈さん自身がそれをよくわかっていて、これから頑張りたいと言われました。私も満里奈さんも不規則な生活をしていますし、お互い助け合いながら頑張っていきたいと思っています」

にっこりと微笑んだ仙川を見て、母は口を噤んで、つられるように引きつった笑み浮かべた。

仙川の家のすごさの全てを知らないけれど、継父を黙らせるくらいにはすごいのだと思った。途中まではモヤモヤとイライラの連続だった話し合いだったし、言われたことは忘れられないだろうけど。

最後は、なんだか仙川の手のひらの上で踊らされたようにして終わってしまった。

「お父さん、お母さん、残った荷物は引っ越し業者を入れてどうにかするから。仙川さんとのこと、認めてくれるのよね？」

満里奈が両親に向かってそう言うと、継父がわかった、と言った。

「もちろんだ。引っ越し業者の料金は出してあげるから、今度立ち合いだけしなさい。いいね？」

引っ越し代金を出してくれるなんて。びっくりして瞬きをすると、母も隣で頷いている。

「身体に気をつけるのよ、満里奈」

どちらにせよ、満里奈はこれで家族というものから根本的に解消されたのだ。

もうこれで本当の意味でお別れなのだとそう悟った。

15

満里奈の家への挨拶は、うまくいったとは言いがたかったが、目的は達成できた。

満里奈はもう家族と住むのは無理だと心から思った。彼と結婚すると言った満里奈に対し、祝福の言葉もなかった。

仙川と一緒に実家を出て彼の車が止めてある駐車場まで歩き、車に乗り込むまで満里奈は頭を空っぽにしようと思ったができなかった。

仙川もまた、無言でいる満里奈の手を取り繋いだまま何も言わなかった。しかし、車に乗ってから彼は満里奈を見て口を開いた。

「さっきも言った通り、俺の実家に行ってもいい？　本当に兄たちがきちんと紹介しろってうるさくてさぁ。今日連れて来れるかって、実はマリーの家に入ってすぐメッセージ入って。急だけど構わない？　きっと早く、俺のお姫様を見たいだけなんだろうけどね」

いつもと変わらない、仙川だった。

失礼なことを言った家族を目の当たりにしたばかりだというのに、彼は全然普通に接してくれている。満里奈に文句を言ってもいいのに、彼は言わない。

それどころか、今日の内に両家の挨拶を終わらせようとしてくれている。

満里奈の家族があんまりすぎたので、もしかしたら仙川の兄たちが今日連れてきてほしいと言ったのは嘘なのかもと勝手に思ってしまった。

けれど、嘘でもいい。普段と変わらず話しかけてくれて、相変わらずお姫様と言ってくれる仙川にホッとする。

「ありがとうございます、仙川さん。そしてごめんなさい」

「ん？　何が？」

「……すごく失礼なことを家族が言ったと思います……ごめんなさい……これで挨拶が終わって、良かったです……ありがとう」

満里奈はもう、これで家族とは疎遠になるだろう。何か言ってきたとしても事務的な対応しかするつもりはない。

自分を悩ませるものから解放されたという安堵感と同時に、これからは頼れるものは自分しかないという事実に、なぜか一人だけ取り残されたような感覚に襲われた。

「私もう、仙川さんだけに、なっちゃった……」

ヤバイ、涙が零れそうだ。今日マスカラをするの、忘れてよかった。もしマスカラをしていたら、目の下が黒くなって変顔になる。

そう思いながら慌ててバッグからハンカチを取り出し、目の下へ当てる。涙を堪えていると、仙川が満里奈の肩を抱いた。

「俺がずっとそばにいるよ」

「……そんなに私、家族の重荷だったのかな……」

口にすると余計に傷ついて、さらに次々と涙が溢れてくる。よく言う、コップの水が溢れて出てくる状態になっているみたいだった。

「ねぇ、マリー……俺の目に最初に映った君は、とても綺麗で、華奢で若くて、気が強そうな、メンタルも強い子だと思ってた」

満里奈が顔を上げると、仙川が微笑み、頭を撫でてくれた。

それから満里奈の頬を流れる涙を軽く指先で拭う。

「でも、それだけじゃなくて、真面目で、素直で、曲がったことができない、寂しがり屋さん。今日君の家族に会って、君はきっとすごく悩んで生きてきて、それでも明るく振る舞ってきたんだろうなぁ、って思った」

満里奈のハンカチを持っている手を握り、彼は満里奈の頭に自分の頭をコツンと寄せた。

「君が重荷だったんじゃない。彼らが君の重荷だった。君は、お母さんのためにも頑張ったよね？俺は今日、君の家族と会って思ったよ……もっとマリーを愛してほしかったなぁ、って」

優しい言葉が心に沁みる。

確かに彼の言う通り、もっと家族として愛してほしかった。けれどそれは叶わなかった。

「いつもお母さんの作るお弁当は最高、って周りに言ってて。でも……。もういいんですよね、これで……」

彼から手を握られたまま、満里奈は湧き出る涙を拭く。

「いいと思う」

涙目で彼を見ると、仙川はにこりと微笑んでみせた。

満里奈はこくりと頷き、下唇を噛む。

「君は若いし、この先いろんな経験をたくさん積むと思う。これから会う俺の家族だって、君にとって新しい出会いだ。それに……君には俺がいる。君に恋に落ちた男はだいぶ年上だけど、その分、少しは甲斐性があるはずだからね」

さらに涙が出そうと思っていると、彼が満里奈の手からハンカチを奪い、目元を拭かれた。

その時、仙川のスマホが何度か着信を告げ、画面を見た彼は可笑しそうに笑ってメッセージを見せてくれた。

「ほら、ご飯用意して待ってるって！」

そこには大皿に盛られたペペロンチーノのようなパスタと、焦げたチーズやガーリックトーストなどのバゲット、サラダにチキン。それに高そうなワインと、お兄さんたちとその奥さんが映っている写真があった。

「マリーいっぱい食べるから、って前言ったからだろうな……チキンもたくさんある」

それを見て満里奈は思わず笑みを浮かべる。なんだか一緒にご飯を食べると楽しそうだ。

「美味しそう……」

「じゃあ、行こうか」

満里奈が頷くと、彼はエンジンのボタンを押した。

「ねぇ、仙川さん」

「ん？」

「キスしてほしい」

彼はクスリと笑って、満里奈を見つめる。

「姫からキスをねだられるなんて、光栄です」

満里奈の唇に、彼の唇が重なる。

軽く唇を挟み込むようなキスをして、小さく音を立て離れていく。

「もう少し……」

彼のジャケットの襟をキュッと握ると、仙川は苦笑した。

なんでそこで苦笑なんだろう。本気で満里奈は彼とキスをしたいと思う。

「家に帰ったらするから。ここでしすぎると、俺の下半身が大変」

茶化すように言って、満里奈の手をジャケットから離した。

大変になってくれていいのに、と少し残念な気持ちになったのを胸に隠し、彼を見上げる。

「絶対ね！」

真剣に訴えると、仙川は大きく息を吐いてサイドブレーキを解除する。

「わかったよ。マリーもあまり食べすぎないようにね。キスをしただけじゃ終わらないコトをするからさ」

ステアリングを操作する前、どこかからかうような目線を向けられた。

満里奈は彼とどうなるか、どうされるのかを想像すると涙が止まった。まだ赤い目のまま、頬を染めて了承の返事をした。

「わかりました！」

いつも通りに返事をすると、彼は声を出して笑って、車を動かし駐車場を出る。

視界の端に映っていたマンションは、少しずつ小さく遠のいていった。

☆　☆　☆

なんだか彼女の表情が硬いな、と思いながら真理は実家の玄関の前に立っていた。

インターホンを押そうとすると、満里奈がその手を止めた。

「ちょ、ちょっと待ってください」

胸に手を当てて深呼吸をし始め、それを見た真理は思わず苦笑した。

「そんな緊張しなくても大丈夫だよ」

「緊張しますよ……だって、仙川さんの家族に挨拶するんですよ？　私大丈夫かな……今日の格好とか、おかしくないかな……」

そう言って、クリーム色のワンピースを見下ろしながらとても不安そうにおろおろしだす。

「大丈夫だって。君、きっと気に入ってもらえるからさぁ」

「………そんな軽い感じで言われても……」

彼女は唇を尖らせたが、そんなのただ可愛いだけだ、と思ってさっさとインターホンを押す。

満里奈は首をガックリと下げ、大きくため息をついて顔を上げた。

「あ！　あー……」

「落ち着け、私！」

玄関のドアをガチャッと開けたのは真理の母だった。

「あ、久しぶり。元気だった？」

真理がそう言うと、母は苦笑した。

家の中に彼女とともに入り、ドアを閉める。

「月並みな言葉は相変わらずね。あなたこそ体調管理、しっかりしなさいよ」

「はいはい……ああ、この子、前に話した木下満里奈さん。さっき向こうのご両親に挨拶して、結婚の報告してきたんだ」

真理は事前にこれから一緒に生きて守っていきたい人がいる、と伝えていた。その際、母は満里奈と会うのを楽しみにしていると言っていた。母は明るく人好きのするタイプなので、きっと満里奈のことは気に入るだろうと思っていた。

「いらっしゃい、待ってたよ」

母の後ろから声をかけてきたのは一番上の兄だった。隣にはその妻もいる。

一斉に視線を送ってくる三人を前にして、満里奈が緊張した面持ちで自己紹介をした。

「は、初めましてっ！　木下満里奈と申します！　今日は、よ、よろし、くお願い致します！」

所々声を裏返らせてガバッと頭を下げたのを見て、玄関にいる仙川家の面々は一瞬にして顔が綻んだ。

「かっわいい……真理、こんな可愛いお嬢さんをどこで見つけたの？　まぁ上がって！」

どこで見つけたかなんて、そんなことはすでに伝えたはずだけど、と真理は頭を掻いた。

「職場だけど……」

ぼそりとつぶやいてから真理が靴を脱いで上がると、満里奈はペコッと頭を下げた。

「お邪魔し、します！」

いつの間にか下の兄とその妻も玄関に来ており、靴を揃えて立ち上がった満里奈は、再度目を見張った。大きい目がさらに大きくなる。

「どうした？　みんな揃って……」

真理が首を傾げると、下の兄が微笑んだ。

「いらっしゃい、真理のお姫様。美味しいご飯用意してるから」

「姫ってさぁ……まぁ、確かに姫っぽいけどね、マリーは」

家族総出でのお出迎えに気恥ずかしくなっていると、下の兄の妻がニコニコしながら満里奈の手を引っ張った。

「満里奈ちゃん、よね？　真理君から聞いて、ご飯たくさん用意したから。食べましょ」

満里奈はどうしたものかと窺うように真理の顔を見上げてきた。

真理が微笑んで頷くと、キラッと嬉しそうな顔をした。

「ありがとうございます」

目を輝かせた満里奈に、上の兄の妻まで同じことを尋ねてきた。

「えー……可愛いぃ……真理君どこで見つけたの?」

なんだか、目までハートになっている気がする。

「だから同じ会社なんだよ、マリーは。グランドスタッフしてるんだ」

何度言わせるんだよ、とため息を吐くと、上の兄の妻は控えめに声を出した。

「よろしく、満里奈ちゃん……私、巻きずし作ったから食べてね」

満里奈は再びペコリと頭を下げた。

「ありがとうございます」

「とりあえず、中に入らせてくれる? まだ玄関だよ?」

そう言うと、そうね、と母が思い出したように声を出した。

「あんまり可愛い子だから見入っちゃった。さあさあ、リビングでゆっくり話をしましょうね、満里奈ちゃん」

真理を見て、それから家族を見た彼女は小さく頷きながら答えた。

「はい、お招きありがとうございます。すごく広い玄関ですね……ドアが素敵……これはステンドグラスですか?」

玄関を入ってすぐのところに両開きのドアがあるが、ステンドグラスっぽい細工のガラスがはめ込まれている。百合をアレンジしたデザインは、母がとてもこだわって選んだものだった。

「ありがとう！　私、これがお気に入りなの」

久しぶりに本気で嬉しそうな顔の母を見て、満里奈がよっぽど気に入ったんだな、と思った。

兄の妻たちもいつにもなく笑顔で、満里奈に話しかけ、それに恐縮しながらも彼女はにこにこと答えている。

「すごいご馳走です！」

満里奈は目を丸くして、テーブルに所狭しと並べられた大皿料理を見る。

母と義姉たちが作った料理は、こんなに食べられないのではないかと思うほどたくさんあった。

いくらなんでも張り切りすぎではないかと、真理は内心つぶやく。

「食べきれない分は持って帰ってね。大丈夫、きちんと容器に詰めてあげるからね」

真朗の妻が満里奈に言うと、彼女は嬉しそうに返事をした。

「はい！　ありがとうございます」

母と義姉が取り皿に料理を取り分けてくれたのを受け取ると、彼女は礼を言ってから大きな声で
「いただきます」と言った。

そして料理を口に運び、目を見開いて笑顔を浮かべる。

「全部すごく美味しいです！　なにこれ、天才ですか？」

口に入れた途端、いつもながら相変わらずの食べっぷりを見せる満里奈を、微笑ましく見つめてしまう。

「嬉しい、いっぱい食べてね」

みんなから迎えられて笑顔を見せる満里奈に、真理は心底安堵した。

満里奈の実家のことで、先ほどまで本当に辛そうな苦しそうな顔をしていたからだ。

これからはここが満里奈の新しい実家となり、家族になるのだ。彼女には幸せになってほしい。

もちろん、自分もそうなるように精いっぱい努力するつもりだ。

目の前では母があれこれ満里奈に料理を勧めていた。美味しいと言って満面の笑みを浮かべる満里奈にこれまた笑顔で義姉たちが話しかけている。兄たちもせっせと料理を取り分けては渡していた。

その様子に胸を撫で下ろし、本当に美味いと思い料理を食べていると、上の兄真朗が真理の首に手をかけてくる。

「ちょっとこっちに来い」

そう言ってリビングの一番奥のソファーがある場所に連れて行かれた。

「ミチのお姫様、母さんたちにイイ感じで可愛がられてるなぁ。年も結構離れてるし、娘みたいな感じなのかもな。母さんにとっては孫みたいな？」

ワイングラスを片手に持っているのを見て、運転がある真理は羨ましかったが、兄の言うことは、言いえて妙だった。

真理とも年が離れているし、彼女はとても若い。

「娘……そっか、確かにマリーくらいの子供がいてもおかしくないよね？　二十二だし」

真朗は真理よりも十歳年上で、今年四十七になる。真朗の妻はその一歳年上で、梨花という。背が高く、モデル系の美女で読者モデルをやっていたという話も聞いたことがある。

「むしろ、ヒロでもあのくらいの娘いてもおかしくないよなぁ」

「ああ……ヒロ兄四十二だよね？　えー？　でもそうなると、十九の時の子になるけど？　さすがに無理があるんじゃない？」

すぐ上の兄である真央は、ニコニコしながら満里奈と話している。真央の妻も一緒に満里奈にデレており、服を褒め合っている。真央の妻は真央と同じ年で、明穂という。

「あいつら学生結婚してるから、いたっておかしくないだろう？」

「そうだったっけ？」

自分では考えられないな、と手にしていたウーロン茶を飲む。

「しかし、自分でも思うけど、引くでしょ？　あんなに若い彼女連れてきちゃうとさぁ」

「まぁ、びっくりしたが……年齢の割にしっかりして挨拶も言葉遣いも綺麗だし……しかも最初からＪＳＡの正社員雇用だろう？」

「そうなんだよね……俺も知った時はびっくりしたけど……毎年グランドスタッフで正社員採用はせいぜい多くて五人、平均二、三人くらいだから。最初は全く頼りなさそうで、口だけが立つ感じに見えたけど」

頼りなさそうだったが、入って二ヵ月経つころにはスイッチが入った、ともうＪＳＡを退職している小牧千八子が言っていた。

先輩である石井寿々の後ろをついて仕事を覚えるうちに、どんどんきちんと仕事ができるようになったと聞いた。それだけ寿々の教え方も良かったのかもしれないが、彼女の根が真面目な部分を知っているだけに、今は納得できることだ。

森に振られたあの日、らしくもなく傷心の彼女をすぐに追いかけてしまい、彼女との距離が近づいた。

すぐに追いかけてよかった。今思えば、あのころから惹かれていたのかもしれない。

可愛い満里奈と付き合うようになり、新しい自分を知れたのだ。

満里奈が居酒屋でキレて寿々を庇うようなことを言ったあの時から、もともとあった火種が燃え上がった感じだ。

「ミチは根が真面目な子が好きだよな。ただ、好きだと思っても行動には早々移さなくて、そのうちどうでもよくなる。でも、あれだけ魅力的な子だと、どうでもよくはならないよなぁ」

「……そうだね……一応言っておくと、好きになった子が、たまたま年が若くて、綺麗で可愛い子だっただけだからね。選んでないからね」

今までの恋愛はすぐにどうでもよくなっていた。いいかなと思って付き合って、しかし元が草食なだけに連絡もあまり自分から取ることもせず、他人に時間を拘束されるのもいやでその上、性に関しては淡泊なものだから振られたり、自然消滅になったり、キレられたりで。

長続きしたためしはなかった。

「大事にしたいんだよ。俺がガチの草食系だった時の話はしないようにしてよ？」

兄に念を押しながら満里奈に目をやると、真央がこちらの視線に気づいたのか、二人のもとへやってきた。そして真理の隣に座り、兄たちに挟まれることになった。

「可愛いし、礼儀も正しいし、美人だし、話し方も若くてなんだかいいね。娘がもう一人いる感じだ」

真朗と真央にはそれぞれ二人子供がいて、真朗は娘と息子、真央は娘が二人いる。

「それ思うよなぁ……真理にはロリコンの気があったのかぁ？」

真朗がからかい半分でそう言ってきた。確かに真理が二十歳の時、彼女はまだ六歳と思えば言われてもしょうがないかもしないが。

「……ちょっと、勘弁してよ……俺の姫は今は子供じゃないからね？　たまたまだから」

「アキ兄、あんまりからかわないであげようよ。ミチが初めて連れてきた女の子なんだし、付き合った期間は短くても、結婚したいって思える子なんだしさぁ」

真朗は肩を竦めた。そうしてワインを飲んで、はいはい、と言う。

「でも、連れてきて本当に良かった。彼女、自分の家では暗い顔だったけど、今は笑ってるし……母さんと話してても楽しそうにしている。ああやって、笑っていてほしいなぁ」

真理がそう言うと、真朗と真央が二人して真理の頭をくしゃくしゃにした。

「ちょっと、もう！」

真理は二人にとってはいくつになってもやっぱり末の弟。年が離れているからこんな風にされることも多い。しかし、もう真理もいい年したオジサンなので、そろそろやめてほしいと思う。

兄二人に頭をくしゃくしゃにされている様子を彼女に見られていたらしく、満里奈の可笑しそうに笑う声が聞こえた。

顔を上げると彼女がやってきて、男三人で座っている前のテーブルにちょこんと座り、手にしていたものをテーブルに置いたところだった。

それは家族写真と真理の高校生のころのアルバムだった。

「アルバム、お義姉さんたちが見せてくれました！」

やたらとニコニコして、兄弟三人の前に正座して座る満里奈を見て、真理はため息をついた。

「えー……そんなの見て、楽しかった？」

「楽しかったです！　学ランだったんですね」

素敵です、とアルバムを開いて目を輝かせる満里奈に、真理は天を仰ぐしかない。

「小さいころの仙川さん、まるで外国人の男の子みたいで可愛い！」

満里奈がそう言うと、兄たちが、そうそう、と話しだす。

「ミチは今より髪が茶色だったから、女の子と間違われることも多くてさぁ」

「母さんに髪結ばれたりしてたね！　ほら、これこれ」

真朗が二つ結びをしている写真を指さす。微かな記憶だが、子供のころは時々母の気まぐれに付き合わされて、女の子の格好をさせられたことがあった。

「スカートも似合ってたよなぁ、ヒロ。あー……写真撮ってないのか」

残念そうに真朗が言って、真央も頷く。

「母さん、三人目は女の子が欲しかったんだよな。名前も女の子のばっか考えてたけど、生まれたのが男でさぁ。でも、女の子っぽかったから、着せ替えて遊んでたよな」

女の子だったら、真海と名付けようと思っていたことは何度も聞いている。

女の子の服を着ていたのはもちろん覚えているし、リボンをよくつけられたのも覚えている。

「幼稚園に上がるころにはやめてくれてよかった……」

「そうだねぇ」

満里奈は興味津々で目を輝かせて真理の写真を見ていた。

「そんなにじっと見なくていいよ」

幼いころの話とはいえ、満里奈に写真を見られるのは恥ずかしい気分になってしまう。

「この高校って、どこですか？　校章がカッコイイ」

「K高校だよ。この校章はペンは剣より強し、って意味でペンと剣。中学のアルバムなかった？　一貫校だったから、中高同じ学校なんだよね」

真理が答えると、満里奈が目を見開いた。

「えっ……？　仙川さん、そんなに頭良かったんですか!?」

「いやいや、俺は結構頑張って塾に通って中学から受験したし……」

満里奈は目をパチパチさせて、アルバムに目を落とす。

「そうだよねー。ミチは中学受験の時苦労したよね？　俺たちと同じ制服を着たいから、って塾通いしてさぁ。よく頑張ったよね」

真央が可笑しそうに笑いながら肩を叩いてくる。

「十二歳の少年には、年上の兄の制服がカッコよく見えたんだよ……B判定からA判定に上がっても、まだ不安な成績だったしさぁ。中学受験しとけば、高校は受験しなくていいって思ったのが安直だったよね」

小学三年生の三学期から受験のため塾へ行ったが、正直そういう勉強の場は苦痛だった覚えしかない。

しかし、あとに引けないと思って頑張った記憶もある。

「別に中学は公立でもよかったって思うことはあるよな？　でも、父さんが勉強にはうるさかったからなぁ……できるに越したことないから、今となってはありがたいけど。ミチもそう思うだろう？」

母は、勉強は好きなようにと言っていたが、父の方からは何かにつけ厳しく言われていた。ただ、兄たちと同じところを受験すると言ったら、驚いた顔をされたが。

「俺はぽよーんってしてたし、受かった時は、父さんかなり驚いてたなぁ」

「そうそう！　めっちゃ褒めてたよね！　それで、確かゲーム機買ってもらってたよねぇ」

「いい思い出がいっぱいあっていいな。私は全然違って、そういう思い出ないです」

満里奈は写真を見ながら微笑みを浮かべていた。しかしそれは真理には少し切なそうな笑みに見えた。

「家族写真もいっぱいあって楽しそう」

ページをめくる満里奈の指先が目に映る。華奢で繊細な指先だった。

その頼りなさげな手を自分がしっかりと掴み、二人で手を繋いで歩いていきたいと思った。

「これから楽しい思い出いっぱいできると思うし、作っていこうよ」

真理がそう言うと、満里奈は顔を上げパッと明るい笑顔を見せた。

「ですね！」

この笑顔を心からのものにしたい。そしてその顔をずっと自分に向けてくれたら嬉しい。

「喉渇いちゃった……アルバム、ちょっとここに置いていいですか？　あとできちんと片づけますから」

「いいよ」

真理が頷くと、彼女は立ち上がった。

「ありがとうございます」

満里奈は義姉たちのいるテーブルの方へと行き、飲み物を注いでもらっている。

真理に女の子の恰好をさせていたのかと母に尋ね、そうなのよ女の子が欲しくて、と母が答えているのが聞こえてくる。

「満里奈ちゃんもそのうちよね？　真理の子供の顔も見たいわねぇ」

ふふ、と笑いながら母が話すのを見て、真理は目を見開いた。気の早すぎる話だ。

「ちょっ！　何言ってんの⁉」

思わず立ち上がろうとすると、両側にいる兄たちに腕を引かれて座らされた。

「いいじゃないか、どうせ結婚したら子供だってできるだろ？」

「そうそう、アキ兄の言う通り。女子のトークに男が入り込むんじゃないよ、ミチ」

そんなこと言ってても真理の子供なんてまだ先だ。これから結婚するのに。満里奈も顔を赤くしながら、困った顔をしている。

すると、義姉がすかさず口を開いて話を逸らしてくれた。

「お義母さん、こんなに若くて可愛いんだから、そういうのもうちょっと先でもいいでしょう？それよりお買い物とか一緒に行きたいよね？ ランチとか」

義姉の提案に、満里奈は口元に手を当てる。

「いいんですか？ ランチ、行きたい！」

「メチャクチャ美味しいもの食べさせてあげるね！」

いい具合に話の流れが変わったことに、真理はほっと息を吐き出した。会話はすっかり女子トークになっていて、満里奈は楽しそうに話をしている。

「さっきの顔、可愛いねぇ、ミチ」

真央がそう言って真理を見る。

「うん、うちの姫、メチャクチャ可愛い」

「のろけるなぁ」

真朗がワインを飲みながらそう言って笑った。

満里奈が楽しそうに笑顔を浮かべているのを見るのは嬉しい。

「ウチの家族にももう馴染んでるし……また来るよ」

満里奈はこれから母や継父、妹とも疎遠になるだろう。やはり泣いていたのを見ると、割り切れない気持ちがある。

結婚しかないと思っていた満里奈の気持ちもよくわかり、これからはそばにいてあげたい。

「そうだねぇ……いつでも来てよ。ミチはああいう子が良かったんだね」

真央がそう言って、上の兄にも同意を求めるように目線で促す。

「母さんも盛り上がってるし、また気兼ねなくおいで」

真朗がそう言って背中を叩いて立ち上がる。

「ありがとう、アキ兄、ヒロ兄」

真央も腰を上げたところで、満里奈が母たちに会釈してこちらへトコトコとやってくる。

「となり、座っていいですか？」

「もちろん」

笑顔を浮かべて座った満里奈は、わぁ、と声を上げた。

「このソファーも沼みたい……沈む」

「そうかなぁ……？」

座り心地はどれも変わりないと思うのだが、満里奈はそうですよと言った。

「私の自宅のソファーとは大違い。仙川さんの家は、心地いいものが多いですね」

「そう？」

「はい！　ご飯もすごく美味しかった。お母さんも、お姉さんたちも良い人で、お話楽しかったです」

もともとキラキラしている目をさらに輝かせて言うので肩を抱きたくなるが、ここは実家だから我慢した。

「そろそろ帰る？　あれ？　ちょっと飲んだ？　顔がほんのり赤いけど？」

「えへへ」

「いつの間に飲んだの⁉」

「えへ、ちょっとずつ、果実酒、おいしーい」

頬がほんのりピンク色で、目がとろんとしてなんだか可愛い。

「初めて見るかもなぁ、酔ったところ」

「え？　なに？」

「何でもないですよ、姫」

笑った雰囲気がほろ酔いだ。楽しかったのならいいかと思い、真理は立ち上がる。

「じゃあ、俺たち帰るよ」

真理は手にしていたグラスをシンクへ置き、洗い始めた。

「真理、いいわよ、私がやっておくから！」

すぐに母がやってきて、真理を止めた。

「それより、ちょっと酔っちゃってる満里奈ちゃんを連れて帰りなさい。楽しかったわ。こんなに楽しかったの久しぶり。真理が連れて来た彼女が良い子で、嬉しかった」

「それならよかった。じゃあ、散らかしたままだけど、いい？」

「もちろんよ。気をつけて帰りなさい、また必ず来て。仕事、頑張って」

「ありがとう。じゃあ、また」

そう言って手を拭いて、沼と言ったソファーに沈んでいる満里奈の両手を引っ張って立たせる。

「帰るよ、マリー」

「はい」

にこ、と笑う満里奈に苦笑しながら、手を繋いで玄関へ向かう。

「ご飯、美味しかったです！　ありがとうございました、お邪魔しました」

またおいで、という真朗たちににこやかに返事をして家を出る。彼女の手を引き、車に乗って真理は自宅へと向かった。

「もう夕方だし、帰ったらお風呂入った方がいいね、マリー」

「ああ、そおですね」

ヘラッとした顔を向ける。まだ酔いが醒めていないようだ。

実家から一時間もかからない場所だが、少し巻きで帰った。満里奈は途中寝るかと思ったが、寝ることはなく、あまり喋らないで窓から外を見るだけだった。

自宅に着いて満里奈の肩を抱きながら玄関に上がる。

「シャワーでもしておいで」

髪の毛に軽く触れながら言うと、玄関先で真理に抱き着いてきた。

とん、とそのまま真理の背は壁に当たり、抱き締めながら彼女の頭を撫でる。

「どうしたぁ？」

クスッと笑って顔を覗き込むと、彼女は顔を上げず真理の胸に顔を押し当てる。

「今日は、本当に、ありがとうございます……仙川さんがいてくれて、よかった……っ」

声を震わせ、泣いている満里奈がさらに強く抱き着いてくる。

「騒がしい家族だったけど、大丈夫だったかな？」

腰を引き寄せ頭を撫でながらそう言うと、彼女は首を振る。

「もちろん楽しかったです。だから仙川さんと出会って、よかったな、ってそう思って、感動して泣いているところです」

「そう……ならよかった。今日はもう、ゆっくり休もう、マリー」

「家に帰ったら、きちんとキスしてくれるんじゃなかったの？」

涙目の満里奈が真理を見上げてくる。

その可愛さと美しさは破壊力があり、真理は心が揺らいだが一度立ち止まった。

「お互い、シャワー浴びてからにしようか？」

「やです！」

「どうして？　その方が、キスもその先もしやすくない？」

真理の言葉に顔を赤くしたが、満里奈はその可愛い赤い顔のままジッと見つめてきた。

「シャワーなんか、どうでもいいです」

「……あれ？　この前までシャワーしてからって言ってたのになぁ……はは」

ヤバイなぁ、これは流されてセックスになるパターンでは、と真理は眉を下げる。

しかもまだここは玄関から一歩入っただけの場所なのだ。

「結構、調子を崩されるんだよねぇ、うちの姫には」

これからもずっと、満里奈を愛していくことに迷いはない。一緒に生きていきたい。

彼女は今までの相手とは違って、何かこう欲情を刺激される。

シャワーなんかどうでもいいなんて言われてしまったら、もうそれでいいと思ってしまう。女の子に盛ってしまう年ではないのに、満里奈相手だと身体の内側が熱く脈打つ。

「セックスの前にシャワーは普通だと思うんだけど……相手がマリーだとやたらと身体が……反応するんだよなぁ……困るよねぇ」

「それってダメなんですか？」

ダメではないけれど、そもそもキスをしてほしいと言われてくっつかれただけで、下半身が反応するのはどうしようもない。

「いいの？　今キスしたら、俺は君を抱くけど？」

目の下を赤く染めた満里奈は、小さくこくりと頷いた。

「……キスしてくれるって、言ったじゃないですか。私、待ちました」

年甲斐もなく、ドクンと心臓が高鳴った。

彼女は真理とのキスを彼女の家族へ挨拶をしたあとから待っていたのだろうか。だとしたら、もっと早くに二人で戻ってきた方がよかったかもしれない。

アルコールが入っているからか、潤んだ目で頬を染めて見上げてくる、可愛い満里奈。

キスをしてほしいという言葉さえ、ついこの前まで言ったことがなかっただろうに、もう何回も真理に言って、応えてきた。

そのたびに、真理は情欲を刺激されている。柔らかくリップを塗らずとも綺麗な赤い唇に。

どれだけ好きにさせるんだろう、どれだけ深く愛せばいいのか。もう骨抜きにされてしまって、満里奈がいないと生きていけないのは真理の方ではないだろうか。

『私もう、仙川さんだけに、なっちゃった……』

そう言って涙を流した満里奈が脳裏に浮かぶ。もうそれでいいじゃないか、と心底思った。

じっと満里奈を見つめてから頬に手を添える。満里奈も無言だった。腰を抱き寄せ、首を少し傾けて、真理は満里奈の唇に自分の唇を寄せ、初めから深いキスを仕掛けた。

「ん……っん！」

キスの合間に息継ぎをさせる。息継ぎがうまくなったことに、真理は変な満足感を得た。

彼女にキスを教えたのも、セックスを教えたのも真理だ。

「キスだけでいい？　もっとその先も？　答えてマリー」

唇の上で低い声で尋ねると、顔を赤くした満里奈が真理の首に顔を埋める。

「もっとその先も、しっかり、してほしい」

甘い声音で告げる可愛い恋人は、頬を摺り寄せてきた。

こうやって真理をたまらない気分にさせるのは、きっとこの子だけだ、と思いながら彼女の胸を揉み上げる。

「あっ……ん」

男の手で易々と包み込める大きさの乳房は柔らかい。

「ベッドに、連れて行って」

真理の耳元で満里奈が囁く。可愛い甘い声に、一気に下半身が疼いた。

「ああ……君ってさぁ」

「なん、ですか……？」

途切れがちにそう言われて、真理は小さく首を振る。

「こっちのこと……柔らかい胸だなぁ、って」

初めて満里奈に会った時、こんな風にキスをして、胸に触れて、身体の関係を持つなんて思いもしなかった。セッティングされた合コンで会った彼女は、とにかく人目を惹く美人で、全員の男の目が釘付けだった。

ああいう子って遊んでるかもな、なんて思いながら二言、三言やり取りをしたあと、彼女は眉間に皺を寄せた。

『なんか……話し方がすごく軽くて、なんか……軽薄そうでダメです！　すみません、私は違う人目当てなので！』

ただ隣に座っただけなのに本気で警戒された時と、まるで違う今の満里奈。

真理は彼女の柔らかい身体を何度も確かめるように手で味わってから、身体を抱き上げた。

「どこに、行くの？」

「姫がベッドに連れて行って、って言ったらそうしないといけないでしょ？」

頬にキスをすると、キュッと抱き着かれた。

完全に溺れきっている自分に、なんだかなぁ、と真理は内心苦笑するが、そんな自分も悪くない。

何より可愛らしい存在が腕の中にいることが幸せだった。

「愛してるよ、満里奈」

これからはたくさんキスをし、守っていきたい。

真理はそう思うのだった。

チュールキス DX をお買い上げいただきありがとうございます。
先生方へのファンレター、ご感想は
チュールキス文庫編集部へお送りください。

〒102-0073　東京都千代田区九段北3-2-5 5F
株式会社Jパブリッシング　チュールキス文庫編集部
「井上美珠先生」係 ／ 「八千代ハル先生」係

君にたまらなく恋してる

~Sweet words of love~

2025年2月5日　初版発行

著　者　井上美珠
©Mijyu Inoue/Haru Yachiyo 2025
発行人　藤居幸嗣

発行所　株式会社Jパブリッシング
〒102-0073　東京都千代田区九段北3-2-5 5F
TEL　03-3288-7907
FAX　03-3288-7880

印刷所　中央精版印刷株式会社

定価はカバーに表示してあります。
万一、乱丁・落丁本がございましたら小社までお送り下さい。
本書のコピー、スキャン、デジタル化等の無断複製は著作権法上の例外を除き禁じられています。

ISBN978-4-86669-739-0　Printed in JAPAN